EDMOND DESCHAUMES

UN MONSIEUR

VIENT DE TROUVER

LE SECRET...

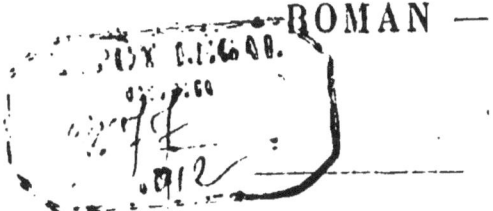

— ROMAN —

PARIS

BIBLIOTHÈQUE-CHARPENTIER

EUGÈNE FASQUELLE, ÉDITEUR

11, RUE DE GRENELLE, 11

—

1912

DERNIÈRES PUBLICATIONS

MARGUERITE AUDOUX
Marie-Claire. . . . . 1 vol.

FERDINAND BAC
L'Aventure italienne (Le Voyage romantique, 2ᵉ série). . . 1 vol.

ÉMILE BERGERAT
Souvenirs d'un Enfant de Paris (2ᵉ vol.) La Phase critique
de la Critique. . . . . 1 vol.

ALBERT BOISSIÈRE
Le Jeu de Flèches. 1 vol.

LÉON DAUDET
La Mésentente. . . . . 1 vol.

LUCIE DELARUE-MARDRUS
Tout l'Amour. . . . . 1 vol.
La Monnaie de Singe . . . . 1 vol.

EDMOND DESCHAUMES
Un Monsieur vient de trouver le secret... . . . . 1 vol.

GABRIEL FAURE
Heures d'Italie (Deuxième série). . . . . 1 vol.

MARTHE FIEL
Sur le Sol d'Alsace. . . . . 1 vol.

MARCEL FRAGER
Près des Tombeaux d'amour . . . . 1 vol.

FERNAND GAVARRY
Pièces et Morceaux. . . . . 1 vol.

PIERRE GUITET-VAUQUELIN
La Force du Doute. 1 vol.

CHARLES-HENRY HIRSCH
L'Amour en Herbe. 1 vol.

JULES HURET
En Allemagne : La Bavière et la Saxe . . . . 1 vol.
—   Berlin . . . . 1 vol.
En Argentine : De Buenos-Aires au Gran Chaco . . . 1 vol.

VICTOR MARGUERITTE
Les Frontières du Cœur . . . . 1 vol.

NEEL DOFF
Jours de Famine et de Détresse. . . . . 1 vol.

EDMOND ROSTAND
Chantecler . . . . 1 vol.

GEORGES SOULIÉ
Lotus-d'Or. . . . . 1 vol.

ÉMILE ZOLA
Correspondance. — Les Lettres et les Arts . . . . 1 vol.

ENVOI FRANCO PAR POSTE CONTRE MANDAT

6112. — L.-Imprimeries réunies, rue Saint-Benoît, 7, Paris.

UN MONSIEUR

VIENT DE TROUVER LE SECRET...

DU MÊME AUTEUR

ROMANS

Eugène FASQUELLE, ÉDITEUR

Dans la Bibliothèque-Charpentier à 3 fr. 50 le volume

La Kreutzer	1 volume
L'Auteur mondain	1 —
Les Jeux de l'Amour et du Milliard	1 —
La Femme à la tête coupée	1 —

Dans la Nouvelle Collection à 2 fr. 50 le volume

Hélène et Jacques	1 volume

Le Pays des Nègres blancs (E. FLAMMARION, éditeur).

ÉTUDES POLITIQUES ET SOCIALES

Le Grand Patriote (V. HAVARD, éditeur).
La Banqueroute de l'Amour (P.-V. STOCK, éditeur).

OUVRAGES SUR LA GUERRE DE 1870-71
(FIRMIN-DIDOT, ÉDITEUR)

La Retraite infernale (Campagne de l'Armée de la Loire). — *Epuisé.*
Le Journal d'un Lycéen pendant le siège de Paris. — *Epuisé.*
L'Armée du Nord.

EDMOND DESCHAUMES

UN MONSIEUR

VIENT DE TROUVER

LE SECRET...

— ROMAN —

PARIS

BIBLIOTHÈQUE-CHARPENTIER

EUGÈNE FASQUELLE, ÉDITEUR

11, RUE DE GRENELLE, 11

1912

UN MONSIEUR
VIENT DE TROUVER LE SECRET...

I

SOUS UNE PORTE COCHÈRE

La foule met toujours, de ses mains dégradées,
Quelque chose de vil sur les nobles idées.

VICTOR HUGO.

— Trente-trois francs trente-trois centimes! soupira le baron Roger Legril de Saint-Lorand. Trente-trois francs trente-trois...

Ces quatre « Trois », goguenards, pansus comme les brioches dorées dans lesquelles les Midinettes enfoncent de si bon cœur leurs quenottes, prenaient, devant les tristes yeux du jeune baron, l'aspect de bossus fantastiques. Il lui semblait les voir danser, à travers les innom-

1

brables rais de la pluie diluvienne, pareils à des
marionnettes railleuses, à d'automatiques balle-
rines dont chaque jeté-battu eût été une impertinence... quelque chose comme un Zut aérien...

Découragé, anéanti, il répéta pour la seconde
fois le chiffre douloureux, le chiffre fatal :
« Trente-trois francs trente-trois ! »

M. de Saint-Lorand avait poussé cette sourde
exclamation sous une large porte cochère. Et
cette porte massive, avenante comme celles des
prisons des temps barbares où le Crime n'obte-
nait ni indulgence, ni confitures, ni lumière électrique, ni calorifères perfectionnés, cette porte
refrognée était celle d'une austère maison de la
rue Saint-Honoré : celle au-dessus de laquelle
s'exhibaient les panonceaux ternis de l'étude
de Maître Bazochay, notaire de l'affligé jeune
homme.

Tandis que la pluie faisait rage, tandis qu'un
torrent d'eaux jaunâtres et limoneuses poussait
ses flots pressés vers l'égoût, l'entrée de l'im-

meuble notarial avait été envahie par un véritable rassemblement populaire.

La fureur des cataractes célestes avait mis
M. Legril de Saint-Lorand en contact immédiat
avec des individualités étonnamment distantes
de la sienne, et cette circonstance toute fortuite
lui permit de relever dans le même moment
plusieurs observations fort justes, mais regretta-
blement dénuées de charme autant que de poésie.

Un garçon de recettes, son voisin le plus
proche, avait déjeuné d'un morceau de boudin
copieusement truffé d'un oignon d'humeur aussi
communicative que la chaleur des banquets où
M. Pelletan pérore. Un trottin mouchardait les
célestes nuées matelassées d'une ouate fumeuse,
tout en fourrant son index dans un nez en forme
de pied de marmite. Un vitrier (Oh vitri !) puait
le mastic. La vêture d'un ramasseur de bouts
de cigares, chaussé d'angoissantes espadrilles,
exhalait de fâcheux relents de nicotine. Un
crieur de journaux sportifs venait de transpi-
rer à foison... (Le voilà bien le résultat des
« corses » !) Et pourtant, oui, pourtant, la der-

nière page des « Quotidiens » nous induirait à
concevoir que Paris est, par excellence, la Ville
des parfumeurs et des parfums.

Ces énergiques senteurs se transformaient en
symboles dans l'esprit et sous l'odorat du jeune
et joli baron. Elles achevaient de le ramener à
de sombres réalités que sa belle insouciance
avait un peu trop négligées jusqu'à ce jour de
repentir.

En coudoyant des pauvres, en respirant de
tels aromes, « Roro » entra pour la première
fois dans la conscience de sa détresse.

Il venait d'apprendre des lèvres bien rasées
de Maître Bazochay que, d'un très respectable
patrimoine, il lui restait pour tout brouet douze
mille livres de rentes, c'est-à-dire cette somme
de 33 francs 33 centimes à dépenser par jour,
dont les chiffres cabalistiques bourdonnaient à
ses oreilles et sautillaient devant ses yeux.
Encore fallait-il que les mois se contentassent
d'être maigrement réduits à trente jours pour
aboutir à ce vrai total de Carême !

Bien des gens ont acquis par eux-mêmes la

preuve qu'il y a encore moyen de vivre assez passablement à moins de trente-trois francs trente-trois centimes toutes les vingt-quatre heures. Et, sans doute, peut-on obtenir assez aisément ce résultat. Cependant faudrait-il avoir l'habitude de calculer juste et avoir été préparé dès l'enfance à ce jeu sévère...

Roger Legril de Saint-Lorand n'avait pas été soumis, évidemment, à l'entraînement indispensable.

Riche à sa majorité, il avait dépensé sans compter; on lui avait même accordé largement crédit contre toute vraisemblance. Le grand commerce parisien, qui ne fait guère confiance à ses clients sérieux, leur préfère de beaucoup les flibustiers de princière allure qui ne s'abaissent ni à marchander ni à compter, se sachant délicieusement insolvables...

Le Pélion des dettes de notre exquis gentleman, trop appliqué à se laisser vivre, s'était radieusement élevé ainsi sur l'Ossa de ses insouciances.

Trappiste du Plaisir, il avait creusé sous ses

1*

pas, jour à jour et sans l'apercevoir, un pré-
cipice financier.

Rien de particulier n'ayant déterminé la catastrophe, ce gentil garçon demeurait aussi hé-
bété, sous ce choc inattendu, que si, au coin de
la place d'Opéra, un guerrier Sioux, en grand
costume de guerre, lui avait asséné sur la tête
un coup de massue.

On l'avait accoutumé dès l'enfance aux logis
somptueux, à une cuisine exquise, à l'élégance
des vêtements, à un service parfait.

La douce et perfide habitude lui avait sournoisement imposé la tyrannie des besoins les
plus impérieux et il demeurait là, désemparé,
comme un bateau sans gouvernail...

Mais l'ondée avait suspendu les jeux mal gracieux de ses eaux ; la porte cochère s'était vidée
et le jeune homme était demeuré seul.

Il jeta un regard désespéré sur la rue Saint-
Honoré.

La vieille voie parisienne était boueuse et
sale, encore qu'un soleil timide mordorât joli-

ment ses vieux toits d'ardoise, illuminant les vitres des lucarnes d'un embrasement d'or et de pourpre atténués.

Un cocher passa. Sa voiture était vide. Il lança à ce client possible un coup d'œil inviteur.

Prendre un Taxi c'était rentrer dans la fournaise par une porte dérobée. M. de Saint-Lorand se baissa pour ne rien voir, releva soigneusement le bas de son pantalon, puis s'engagea sur le trottoir, marchant avec circonspection.

La conscience de sa pauvreté l'avait déjà rendu soigneux.

II

L'APPARTEMENT DU BARON

> Je ne pourrais pas me séparer
> de ce qui fait mon bonheur,
>
> (*Le Cousin Pons*) BALZAC.

Roger rentra chez lui, silencieux et recueilli. Il endossa un coquet veston d'intérieur.

Son domestique, comme tous les domestiques au service d'un maître qui est garçon et qui s'amuse, était allé se promener.

« Ne puis-je me passer d'un valet de chambre, se demanda le résigné Roger, et surtout d'un valet de chambre qui n'est jamais chez moi quand j'ai besoin de lui ? »

Sur une petite table, des cigarettes d'Orient s'offraient en un vase de vieil argent.

Le baron en prit distraitement une, frotta une allumette, puis la jeta au bout de quelques secondes de réflexion :

« On peut vivre sans fumer », murmura-t-il.

Après avoir accompli ce geste de sagesse, M. de Saint-Lorand contempla longuement ses meubles, ses tableaux, ses œuvres d'art, comme s'il les avait examinés pour la première fois.

Nous ne possédons point, dans notre langue française, un terme d'un sens aussi plein que le mot anglais « Home ».

« Logis » est sec et suranné. « Demeure » sent pitoyablement la sous-préfecture. Il n'est permis d'avoir une demeure qu'à trois cents kilomètres du péristyle des Variétés, dans une ville de moins de six mille habitants. « Domicile » appartient à la rédaction fantaisiste des procès-verbaux de la Maréchaussée et à la barbarie du style judiciaire.

Exemple : — On élit domicile chez un avoué...

« Habitation » a un air primitif, forestier, montagnard, lacustre presque... « Foyer », au sens moderne, touche à l'absurde. On pouvait « s'asseoir au foyer » d'un baron féodal, les foyers, dans les Manoirs du Moyen Age, étant assez spacieux pour que l'on pût y rôtir un bœuf, brûler des troncs d'arbres entiers et installer des sièges vastes comme des trônes. Un petit rentier parisien pourrait-il décemment inviter ses hôtes à s'asseoir « à », ou, mieux encore, dans sa salamandre? « Maison », non plus, ne correspond à rien pour nos grandes villes. Les neuf dixièmes de la population s'entassent dans des appartements où les familles jouent du piano et font de la friture les unes sur les autres.

Non, en vérité, nous ne disposons pas d'un mot spécial qui puisse rendre avec ses propres moyens, c'est-à-dire avec les seules lettres dont il se compose, le charme si prenant, l'intimité élégante et discrète du lieu où s'encadrait si joliment l'existence d'un garçon qui, pour débuter, eut la partie trop belle et un jeu trop bourré d'atouts. A l'opposé, ce seul mot de « Home » exprime tout cela à un lecteur anglais.

En cette atmosphère où le passé se mélangeait si harmonieusement au moderne, les choses se fondaient avec tant de délicatesse que la présence d'un appareil téléphonique n'offrait rien de choquant ni de ridicule. On sentait de suite que rien n'avait été improvisé chez le baron « Roro ». La vie s'y continuait d'un paisible cours ; l'œil et la pensée suivaient là, sans s'en douter, la lente et douce évolution qui emporte dans un mouvement symétrique les belles œuvres et les gens heureux.

L'âme délicate et timide du « Cousin Pons » de « La Comédie humaine » aurait savouré avec délices le charme de ce Musée familial qui n'était que le logis d'un jeune aristocrate. Ce vieux brave homme en eût joui avec la volupté de l'amateur ou, plus encore, avec l'instinct, le sentiment et l'intelligence des beautés éternelles.

Il faudrait à un romancier la science artistique

d'un Arsène Alexandre ou d'un Nolhac pour énu-
mérer, inventorier et décrire les merveilles des
trois derniers siècles réunies chez M. de Saint-
Lorand.

Toutes ces œuvres d'art, en leur parfaite con-
servation, étaient d'autant plus belles qu'elles
ne provenaient ni des hasards de la brocante,
ni des batailles des enchères publiques. Elles
avaient « vécu » et vieilli ensemble dans des milieux paisibles et recueillis, à l'abri des profana-
tions. La dorure des bronzes avait gardé son
éclat. Tel pastel de La Tour conservait sa fraîcheur juvénile. Ce Fragonard semblait avoir
été transporté, la veille, du chevalet dans son
cadre. Des marbres de Houdon, de Pigalle,
étincelaient comme s'ils sortaient de l'atelier du
sculpteur. Nul « rebouteux » n'avait truqué de
ses doigts sacrilèges ces chefs-d'œuvre lentement assemblés et transmis de génération en
génération.

La pauvreté n'est belle que chez les hommes
qui l'acceptent ou qui ont la grandeur, si rare

aujourd'hui, d'aller au-devant d'elle. Ceux-là savent seuls en affirmer les rudes et splendides fiertés. Aussi bien, cette pauvreté passerait pour une manière de demi-opulence à côté de la misère réelle.

Roger de Saint-Lorand sentait déjà la griffe hideuse de l'indigence se poser sur sa peau blanche et satinée...

Le baron n'était point lâche. L'action ne l'effrayait pas. S'il avait vécu en oisif, ce n'avait été ni par incapacité, ni par horreur de l'effort, mais, plutôt, par un mélange de modestie et d'amour-propre ajouté à la peur du ridicule.

Sa vie avait été irréprochable dans les grandes lignes. Sa bonté, sa générosité n'avaient nui qu'à lui seul. Pour le reste, des péchés à peine véniels, qu'une mère eût absous d'un sourire teinté d'orgueil.

Oh les pauvres mères qu'aveugle une tendresse incurable fatalement combinée de lâcheté et de folle admiration !

Charmé des joies les plus grisantes de ce monde, « Roro » avait laissé ronger son bien par les invisibles acides répandus partout : dans les salons des cercles, sur la surface des tapis verts, dans les coulisses des petits théâtres, chez les bons faiseurs, aux vitrines tentatrices des magasins de luxe, autour des tables fleuries des cabarets chic, où ils volatilisent une fortune avant que son propriétaire ait seulement eu le temps de commettre une folie pour une danseuse, d'acheter une forte auto, de prendre une culotte de 100.000 francs au Club, en sortant de l'Opéra, ou d'offrir un collier de perles à une belle et très pauvre lionne, à l'une de ces adorables filles de la redoutable Marneffe qui sont devenues les héroïnes charmantes et mauvaises du théâtre contemporain.

Certaines gens possèdent un équilibre parfait et se meuvent à travers les passions et les tentations comme des machines d'une précision mécanique. Exceptions! Exceptions! Les plus nombreux d'entre nous portent, inconscients, la fêlure et la tare qui causeront leur perte. Roger devait à la clairvoyance de son notaire de con-

naître (un peu bien tard, il est vrai) le défaut
de sa fragile cuirasse. Il manquait de tenue de
livres, d'arithmétique et de comptabilité. Oui,
ce qui l'avait perdu c'était d'avoir ignoré très
naïvement que, dans une collectivité, tout se
paie, et fort cher ! depuis l'eau qui jaillit des fon-
taines publiques jusqu'aux lampes électriques
qui éclairent les rues, jusqu'aux hommes de po-
lice chargés de veiller sur l'ordre et la sécurité.

Aucun maître n'avait démontré, non plus, à ce
débutant dans l'art de vivre, qu'une belle fortune est condamnée à périr si son possesseur ne
travaille pas à la développer.

Roger reconnaissait qu'il avait été une proie
sans défense pour ceux qui lui avaient fourni
des marchandises ou rendu des services. Il
n'avait jamais gagné sur personne. On avait
gagné continuellement sur lui.

Son malheur et sa ruine venaient de ce qu'il
s'était cru riche, attendu qu'on ne l'est jamais
à notre siècle. Le rude Guizot l'avait bien dit !

Ainsi ce jeune imprévoyant se voyait-il con-
damné, s'il voulait se sauver, à restreindre ses

besoins à la modestie de ses ressources, en attendant qu'il trouvât le moyen d'élever ses ressources à la hauteur de ses besoins.

On prend avec courage de telles résolutions.

On rencontre quelque difficulté et quelque désagrément à les suivre.

Le baron consentait bien à s'imposer des privations cruelles. Il ne se sentait néanmoins pas l'énergie d'abandonner son bel appartement et encore moins la force de se défaire de précieux souvenirs de famille : les reliques exquises ou superbes au milieu desquelles il avait vécu...

Ses regards s'attachaient désespérément — comme, à une épave, les mains d'un homme qui se noie, — à ces merveilles auxquelles il avait fait tout juste attention dans la joyeuse insouciance de sa jeunesse et de sa richesse.

Une belle marquise, aux cheveux blancs de poudre, vivant pastel de Perronneau, semblait lui dire de derrière la feuille de verre qui protégeait les roses et les lis de son teint délicat : « Vous n'allez pas porter votre tante chez un brocanteur, mon neveu ! » tandis qu'une sou-

brette signée Chardin, une soubrette au regard
rêveur et sentimental, lui soupirait tendrement : « Ne me congédiez pas, monsieur le Baron, on est si bien chez vous ! »

Pauvre garçon !... La contemplation de tant
de choses vénérées ou chéries lui causait une
sorte d'hallucination.

Marbres, porcelaines, ivoires, faïences,
bronzes, tableaux, bustes, statuettes, figurines,
tous et toutes lui clamaient dans un élan de désespoir et d'amour : « Nous ne voulons vivre
qu'avec toi ! »

Roger se leva. Une émotion plus grande en-
vahissait son cœur.

Il alla à la cheminée et y prit une miniature qui
représentait le portrait de sa mère, à vingt ans.

Après avoir contemplé longuement cette gra-
cieuse image, évocatrice des meilleurs souvenirs de son enfance, il la porta religieusement à
ses lèvres.

Ce baiser et ce souvenir retrempèrent une
âme sur le point de défaillir.

« La situation commande des réflexions sé-

rieuses », songea Roger. « Il faut, mon pauvre
vieux, inaugurer sans retard ton apprentissage
de panné ! »

Un plateau chargé du courrier avait été dé-
posé sur la table.

M. de Saint-Lorand se mit en devoir de dé-
pouiller cette correspondance.

Sans doute, était-elle d'un caractère peu ré-
jouissant, car le destinataire esquissait le plus
souvent une grimace significative après avoir pris
connaissance du pli qu'il venait de décacheter.

Son travail achevé, le baron tira de son gous-
set un porte-mine en or et dressa sur son bloc
le compte suivant :

Cotisation des anciens élèves du Lycée Condorcet	10 francs
Invitation au bal annuel des Maîtres d'Hôtel des grands restaurants	20 »
Société philanthropique des petites voitures pour les culs-de-jatte nécessiteux	5 »
Œuvre des bains de pieds populaires . . .	20 »
Société de Secours mutuels du petit personnel du Théâtre des « Voluptés-Permises . . .	5 »
10 billets de tombola au profit de la veuve d'un ténor illustre (2 francs le billet) . .	20 »

Une loge pour le concert donné par des artistes mondains pour constituer une caisse
de secours au profit des apaches repentis.
(Présidence d'Honneur de son Altesse Royale
la princesse de Bithynie)   50   »

Total . . . .   130 francs

« Ils ne voudraient pas tout de même, pro-
testa le jeune homme, extirper 130 francs de
dons et secours de la bourse d'un Monsieur qui
a tout juste à dépenser 33 francs 33 centimes...
Les maîtres d'hôtel des grands restaurants dan-
seront sans moi. Les culs-de-jatte iront à pied
— s'ils peuvent ! J'ai payé assez cher mes
places dans les théâtres de musique pour ne
pas prendre à ma charge les veuves de ténors et
je me lave les mains de l'œuvre des Bains de
pieds populaires. Pour ce qui est des artistes
mondains, je les ai si souvent entendus dans les
salons que je n'ai pas la moindre envie de donner
cinquante francs pour les voir concurrencer les
professionnels sur les planches. De tout cela, je
ne réserve que Condorcet. Un demi-louis, c'est
déjà dur dans ma position...

» Cette dépense m'obligeant à l'économie la plus sordide, comment finir ma soirée ?

» D'abord, il faut dîner.

» Au Cercle ?... Trop cher !...

» Chez un bon petit marchand de vin : « Au Cocher de l'Urbaine... Au Rendez-vous des Enfants de la Creuse ! Brrr...

» Ah ! que je suis bête ! Je vais m'inviter chez ma bonne vieille tante Elise... Elle me reproche si gentiment de la lâcher trop souvent, quand, par hasard, je trouve le temps d'aller la voir ! »

Sa décision prise, Roger sonna son valet de chambre pour se faire habiller.

Le domestique ne répondit pas plus que si ç'avait été la demoiselle du téléphone. Il *bridgeait* sans doute ailleurs.

« Bah ! décida le jeune homme, tante Elise ne fait pas tant de façons. »

Roger examina l'état du ciel : la pluie d'orage avait balayé les nuées ; le temps était redevenu magnifique.

Notre décavé passa un gilet et une redingote, prit sa canne et son chapeau et se rendit à pied chez sa vieille parente, du pas d'un tranquille promeneur.

La comtesse de Croix-Reigny demeurait rue de l'Université.

III

LES PLUS BELLES ÉPAULES DE NEW-YORK

> Un vers d'André Chénier chanta dans ma mémoire,
> Un vers presqu'inconnu, refrain inachevé,
> Frais comme le hasard, moins écrit que rêvé.
> J'osai m'en souvenir, même devant Molière :
> Sa grande ombre, à coup sûr, ne s'en offensa pas ;
> Et, tout en écoutant, je murmurais tout bas,
> Regardant cette enfant qui ne s'en doutait guère :
> « Sous votre aimable tête, un cou blanc, délicat
> Se plie et de la neige effacerait l'éclat. »
>
> ALFRED DE MUSSET.

— Toi ! s'écria la tante Elise en offrant au baron la grâce de son plus gracieux sourire. Et à cette heure-ci !

Roger baisa la main fine qui lui était tendue et qui semblait plus blanche dans le fouillis des délicates dentelles jaunies par le temps.

— Voulez-vous de moi à dîner, tante ?

— A dîner ? Oui, certes. Et avec un plaisir que je mériterais plus souvent !

— D'ici le dîner ne vous embarrasserai-je pas ?

— Des embarras de ce goût sont une fête pour une vieille solitaire, mon beau neveu.

— Tout va bien, fit le jeune homme en s'asseyant auprès de la confortable bergère de la vieille dame. Me permettez-vous de vous parler de choses sérieuses ?

— De choses sérieuses, « Roro » ? Tu me donnes la chair de poule.

— Rassurez-vous. Je viens simplement vous demander de bons conseils.

— Pour ne pas les suivre, gredin !

— Pour les suivre comme Vendredi suivait Robinson, comme le Vieux Marcheur...

— N'achève pas la comparaison.

— Ma tante, seriez-vous plus sévère que l'Académie ?

— Non, Monsieur, mais je tiens beaucoup moins à savoir ce que suivait le Vieux Marcheur qu'à apprendre...

— Je sors de chez notre notaire...

— Maître Bazochay... Fichue fréquentation pour un pistolet de ton âge et de ton espèce ! Je gagerais, mauvais garnement, que vous n'alliez pas vous renseigner chez Maître Bazochay sur la meilleure manière de placer vos économies.

— Loin de là, bonne tante ! Je l'avais prié antérieurement de dresser le bilan exact de ma situation et je venais chercher sa réponse.

— Eh bien ?

— Il me reste, toutes dettes éteintes, douze mille livres de revenu.

— C'est le pain noir, mon enfant.

— Je m'en doutais. Pensez-vous que je puisse vivre tout de même de ce pain noir ?

— A force d'énergie, oui.

— J'aurai toute celle que je n'ai jamais eue.

— A la bonne heure ! Ça en fera presque trop ! Malheureusement, mon pauvre garçon, l'existence qu'il te faudrait mener n'est pas plus faite pour ton tempérament qu'une vilenie pour un gentilhomme ou qu'un péché pour une fille de Vincent de Paul. Tu n'apprendras jamais à

3

vivre dans cette étroite médiocrité ! Vêtir le même habit jusqu'à l'usure, regarder à l'achat d'un chapeau, porter des gants nettoyés, faire ressemeler ses bottines, après avoir été un arbitre des élégances, c'est un supplice, un premier, un très rude supplice, bien qu'il n'ait l'air de rien pour ceux qui ne l'ont pas enduré. Cette épreuve, tu la subiras en tout, partout... La première fois que je suis montée dans un omnibus, j'ai failli me trouver mal. Je ne suis pourtant pas bégueule... Après avoir pourvu de mon mieux mes enfants, ton cousin et ta cousine, il me restait à peine trente mille livres de revenu. J'ai dû vendre chevaux et voitures. Nous sommes logés, mon petit neveu, toi, parce que tu as fait des bêtises, et moi, parce que j'ai eu des enfants, à la même enseigne, et tu as agi sagement en t'adressant ici. Je suis capable, mieux que personne, de t'apprendre l'art de ne pas trop mal vivre avec les ressources dont tu disposes et de façon à ce que les apparences soient à peu près sauvées, puisque les vanités de ce monde nous interdisent de nous passer

d'elles. Je te parle comme si tu étais mon fils.
Tu l'as toujours été un peu... Tu vas l'être bien
davantage. Pour commencer, tu viendras partager mon dîner toutes les fois que cela t'arran-
gera.

— Tante Elise !

— J'y tiens absolument. Je ne reçois plus,
mais j'ai conservé des amis intimes qui savent
que leur couvert est mis à la maison. Cela rend
service à de plus pauvres que moi. Quelques
riches y trouvent du plaisir... Ce soir, j'attends
Mistress Stawett.....

— Mistress Lilian Stawett ?

— Cinq cents millions de fortune et les plus
magnifiques épaules de New-York... Je me sou-
viens même que vous vous êtes rencontrés ici,
ses épaules et toi !

— Je n'aime pas cette belle dame. Elle est
trop junonienne, trop olympique. Trop de
bronze ou de Carare ! Positivement, elle vous a
des airs de dédaigner plus que de raison notre
vague et piteuse humanité.

— Tu serais plus indulgent si tu savais ce

qu'est l'existence pour une veuve jeune, riche et belle.

Au moment où M. de Saint-Lorand se disposait à écouter la description des souffrances et des tortures d'une veuve jeune, riche et belle, le vieux valet de chambre de Mme de Croix-Reigny, qui s'appelait Silvère, annonça l'Américaine.

IV

RICHESSE ET SERVITUDE

> Une des misères des gens riches est
> d être trompés en tout.
>
> J.-J. ROUSSEAU.

Dix heures... Un matin pâle éclaire à peine la
ville de son jour embrumé. Une buée opaque,
couleur de cendre, flotte lourdement au-dessus
des toitures et des faîtages. Le vent souffle ra-
geusement sur les vitres. La pluie gicle... Qu'importe ? Dans ce cabinet de travail, un peu plus
spacieux que celui de Michel-Ange, la flamme
brille. Elle lèche de ses langues rougeâtres les
contours d'une bûche et de rondins de charme
symétriquement étagés dans le foyer d'une élé-

3*

gante cheminée. Les ondes lumineuses de l'élec-
tricité baignent l'aristocratique réduit de leur
clarté éblouissante.

Bien à l'aise dans son fauteuil profond, un
vieux Parisien vient de savourer lentement, vo-
luptueusement, la lecture du Supplément litté-
raire du *Figaro*. Une page jolie, délicatement
sentimentale, signée Sonia, a incité son repentir et ramené son attention sur la beauté classique. Il regarde avec contrition sa bibliothèque
close. Cette bibliothèque délaissée de son créateur, de son unique ami, est peuplée de la collection de nos inestimables chefs-d'œuvre. Qu'est-
ce, il est vrai, qu'un bibliophile, sinon l'homme
qui regarde les livres, qui les caresse, qui les
aime de la même passion qu'un amant aime une
maîtresse adorable, mais qui ne les ouvre jamais pour les lire et encore moins pour les an-
noter... Voici, à portée de la main, Montaigne,
Pascal, Molière, La Fontaine, Bossuet, La
Bruyère, Châteaubriand, Victor Hugo, Musset,
Vigny, pour ne citer que les plus glorieux. Cet
homme a su choisir les meilleures éditions, car

il a du goût et des lettres. Tous ses volumes harmonieusement alignés sur leurs rayons se parent des reliures les plus somptueuses, des fers
les plus ingénieusement œuvrés.

Que d'efforts pour assembler ce trésor, pour
réunir ces monuments du génie humain qui
dorment là, sans utilité, sans profit pour personne, derrière les glaces d'un beau meuble, du
même sommeil que les momies des pharaons
entre les parois des sarcophages !

Le vieux Parisien a pris un agenda sur son
bureau. Il consulte le petit livre. Rien d'indispensable, rien d'urgent n'est inscrit pour cette
journée de spleen et de pluie. Le Parisien se
poste à sa fenêtre dont il a soulevé le rideau
lourd. Quel temps ! Quelle boue ! De songer aux
facteurs qui pataugent, aux cochers de fiacres
qui fouaillent sous l'ondée leurs rosses aux
flancs caves, le cœur de ce vieux bourgeois paisible se sent ébranlé d'une généreuse pitié pour
ceux qui triment au dehors en même temps
qu'un immense et égoïste bien-être envahit son

cœur. Non ! il ne bougera pas. Il restera chez lui en pyjama, en large pantalon coulissé, les pieds dans ses bonnes pantoufles.

Le voici devant sa bibliothèque... Inspection rapide. Recueillement. Hésitations... Depuis quand l'a-t'il ouvert, son Montaigne? Pendant la convalescence d'une mauvaise bronchite... en 1902 ! Son La Fontaine?... Le voici tel que le relieur le lui livra... Si La Bruyère avait mauvais caractère, quelle scène !... Et Molière? Et Corneille? Et Racine? Oui, il est incontestable que l'on gagnerait gros à relire une fois l'an *Le Misanthrope*, *Polyeucte*, *Bérénice* et *Athalie*. Mais va-t'en voir ! Qui relit *Le Misanthrope* et *Polyeucte*? Qui relit *Bérénice* ou *Athalie*? Le vieux Parisien se réjouit, s'enorgueillit de se reconquérir pendant un jour sur le bridge, le dîner au Cercle ou en ville, la soirée passée au théâtre ou dans une loge de Music-hall. Son regard exprime le contentement et la fierté. C'est le regard du Monsieur énergique et maître de soi qui vient de s'assurer une journée d'indépendance et de noble méditation.

Déjà un tome du Théâtre de Molière, de la grande édition Hachette, s'étale sur le bureau Louis XV ; mais la sonnerie du téléphone tinte, brusque, impérative, dans le silence et la tiédeur du coquet appartement. Les X... appellent à l'appareil le vieux Parisien. Ils l'invitent à dîner et lui offrent une place dans leur loge à l'Opéra, pour les débuts d'un illustre ténor russe. Impossible de rien refuser aux X... Et comment se dérober, d'autre part, au devoir d'assister aux débuts d'un ténor russe? Puis Mme X... a ajouté de sa voix caressante : « Je voudrais bien avoir votre avis sur une nature morte signée Chardin. Elle est exposée chez Romanus, avenue de l'Opéra. Que vous seriez aimable d'aller la voir ! Cette toile paraît authentique. Vous êtes seul capable de me dire ce qu'elle vaut et si elle est de Chardin ou de..... Montmartre. »

Alors voici un pauvre être contrarié dans ses projets, repris dans l'engrenage quotidien pour cette simple raison qu'il vit dans le monde, qu'il en est un des innombrables satellites et qu'il doit graviter autour d'astres déterminés en raison de certaines lois attractives contre lesquelles il n'est pas de défense.

Un homme qui met son amour-propre à demeurer un vrai Parisien et qui est astreint à jouer ce rôle par les exigences de sa situation ou de son métier subit un esclavage du jour et de la nuit.

La belle Américaine était réduite par son immense fortune à des servitudes aussi pesantes.

Sous un régime monarchique, la Cour donne au monde le « La ». Dans les démocraties c'est la mode qui gouverne... Et la mode est un tyran plus despotique encore que l'étiquette et que le bon plaisir des Princes.

Où donc trouver la liberté pour en jouir à âme que veux-tu ? Les rois de l'Or ont leur protocole, tout comme les têtes couronnées.

Donner des dîners et des fêtes, Lilian y consentait sans mauvaise grâce, sinon avec enthousiasme. Ne lui fallait-il pas tenir son rang ?

Subventionner des théâtres, des Universités, des bibliothèques, des œuvres d'assistance ou de bonté, c'était évidemment faire un généreux et utile emploi de l'or amoncelé dans ses coffres et du produit des grosses entreprises dont elle recueillait la grosse part. Même le mot de restitution ne choquait nullement sa susceptibilité. Toutefois elle eût préféré faire directement et largement le bien sans tapage, sans publicité, en faveur de gens vraiment dignes de sa protection.

Avant tout, ce qu'elle eût souhaité, si elle n'avait pas su qu'un tel souhait n'était pas de son monde, c'eût été de se mettre à l'abri de la curiosité avide dont elle était l'objet et de se dérober à la tyrannie d'une sorte de célébrité mondaine qui était venue à elle tandis qu'elle cherchait très sincèrement à l'éviter.

Miss Lilian Woodney s'était mariée très jeune avec son cousin Herbert Stawell, âgé de six ans de plus qu'elle. Joli mariage d'affection. Camaraderie charmante... Stawell, très sportif, avait

la réputation d'être un bel homme et la méritait.
Malgré sa grande fortune, il se consacrait entièrement aux affaires, ne s'en reposant que par
les exercices physiques. Ce *businessman* aimait
le cheval et la chasse. A ses allures, à sa mise,
ont l'eût pris pour un riche *gentleman-farmer*,
tant il respirait le plein air et la santé. Lilian lui
avait donné tout le bonheur qu'il attendait d'une
femme : la douceur du foyer, la tendresse intelligente d'une compagne dévouée et amie.

Leurs deux cœurs étaient sans orages. Ils ne
menaient la haute vie que pour ne point se dis-
tinguer ou se faire remarquer et critiquer. Leur
loge du « Métropolitan-Opéra » servait surtout
à leurs amis. Mistress Stawett allait au théâtre
pour entendre une musique qui lui allait à l'âme,
une œuvre dramatique valant l'emploi d'une soirée, et non pour exhiber deux blanches épaules
et une gorge surchargées de pierreries. On ren-
contrait tout aussi rarement Herbert au Club,
bien qu'il fût du « Métropolitan », du « Saint-
Nicholas », du « New-York-Yacht. Quant aux
relations mondaines, le mari et la femme les

réduisaient à la stricte correction, trouvant beaucoup plus de plaisir à se réunir avec leurs parents et leurs intimes qu'à ouvrir toutes grandes les portes de leurs salons à des envieux, des rivaux, des indifférents.

Un accident de chasse causa la mort subite, instantanée, d'Herbert Stawett. Dès lors, Lilian fut malheureuse.

Du vivant de son mari, tout New-York avait respecté cette créature aussi belle qu'honnête. On la savait pieuse et fidèle. Les rôdeurs de l'amour ne s'attaquent pas volontiers à un cœur qu'ils savent défendu et fermé. Les limes le mieux affutées ne mordent pas sur certains corps et les fausses clés les plus perfectionnées ne viennent pas à bout de certaines serrures. La passion seule peut entraîner un homme à se risquer dans une aventure qu'il prévoirait sans espoir comme sans issue, s'il possédait encore un atome de sang-froid ou de présence d'esprit.

Tout changea avec le veuvage. Libre, la belle Lilian avait perdu son protecteur naturel. Quand une place est vide, n'est-elle pas à prendre ?

Mistress Stawett fut en proie au même sort que Pénélope, lorsque le « Tout-Ithaque » fut convaincu de la mort du prudent Ulysse. Une nuée de prétendants l'assaillit sans attendre la fin de son deuil, ni qu'elle fût à demi consolée.

Elle avait donné sa main d'un cœur heureux à son cousin Herbert parce qu'elle le connaissait depuis l'enfance, parce qu'elle estimait sa nature droite, son caractère loyal, parce qu'elle n'ignorait rien de ses goûts, de ses sentiments, de ses idées. Ils étaient si riches tous deux que nulle considération d'argent n'avait vicié la sérénité de leurs fiançailles. Maintenant, au contraire, tout était inconnu à Lilian. Comment n'aurait-elle pas pris peur ?

Au spectacle de tant d'appétits voraces aiguisés par l'appat de ses millions, la jeune veuve s'avouait qu'elle ne retrouverait peut-être la sécurité et la paix qu'en se remariant. Mais il lui aurait fallu rencontrer un homme possédant les qualités qui avaient assuré une première fois son bonheur et la « réplique » en chair et en os d'Herbert Stawett ne pouvait, à son jugement, exister à New-York.

Que la jeune femme demeurât fidèle au' type physique et moral de son premier mari, ce n'est point du tout un fait anormal dans la vie du cœur. Les mariages entre un veuf et sa belle-sœur, entre une veuve et son beau-frère, se concluent fréquemment. Le cœur a, pour s'orienter ainsi, les motifs les plus légitimes et des raisons qu'il connaît bien. Cette commémoration de l'Amour blesserait cruellement certaines âmes. Elle est infiniment douce et délicieuse à d'autres.

N'espérant point que sa ville natale possédât dans ses *palaces* ni ses « gratte-ciel » un successeur digne de son Herbert, la jeune veuve avait décidé de traverser l'Océan et de voyager, pensant se débarrasser ainsi des importunités des compétiteurs les plus hardis. Hélas ! elle avait bientôt appris, au dépens de son repos, qu'une femme de sa sorte et de sa condition offre un assemblage de qualités trop précieuses et trop rares pour passer plus inaperçue sur l'ancien continent que sur le nouveau.

Cependant l'affection et l'expérience de l'un de ses oncles, le vieux Thomy Woodney, directeur de la succursale de la célèbre banque Woodney à Paris, la guidaient et la renseignaient. Ce riche financier, qui n'avait pas d'enfants, chérissait sa belle nièce autant que si elle avait été sa propre fille.

Craignant de lui voir commettre quelqu'imprudence ou quelque folie, le banquier lui avait dépeint le monde où elle allait vivre sous des traits si noirs qu'elle fut épouvantée et quasiment dégoûtée.

Mistress Stawett décida alors, puisqu'il était si difficile de faire choix d'un homme capable de la rendre heureuse, de défendre âprement sa fortune et sa liberté.

Mieux valait persister dans le veuvage que risquer de se donner un maître ou un spoliateur.

Par l'observation de la vie mondaine, par ses lectures, par l'esprit de pièces applaudies sur les théâtres du monde entier, elle constatait le triomphe d'idées qui étaient la négation brutale

de la conception très pure qu'elle s'était formée
du mariage, conception qui eût paru mesquine
aux âmes prétendues libres dont l'égoïste et mesquine sécheresse n'entend rien à la sereine beauté
du devoir accepté avec bonne humeur, accompli
sans ostentation... et par respect de soi-même.

Les divorces retentissants, les adultères offi-
ciellement tolérés, donnaient la nausée à cette
femme foncièrement honnête. Rien ne lui était
plus odieux que la violation publique des lois
divines ou morales les plus salutaires ; Lilian
méprisait autant leurs sacrilèges auteurs que
leurs lâches complices.

Les humiliations dont sa pudeur eut à souffrir, les froissements dont son cœur fut meurtri
altérèrent la douceur de son caractère et l'expression de sa physionomie.

Dès qu'elle se sentait épiée ou regardée, dès
qu'il lui fallait paraître en public, Mistress
Stawell se composait un masque de froideur et
de fierté dont elle ne réussissait pas à adoucir la
sévérité par le dédain d'un sourire de commande,
qu'elle croyait et qu'elle aurait voulu aimable.

4*

Au théâtre et dans les salons, bien qu'elle ne fût pas femme à perdre son temps à des frivolités suggérées par la Mode, elle apportait un luxe et une élégance qui séyaient merveilleusement à la beauté sculpturale de son corps et à ses allures royales, mais qui tuaient le charme et le naturel si admirés des privilégiés qui avaient été reçus par elle et par son mari dans leur *Palace* grandiose de la Cinquième Avenue.

On ne pouvait nier la régulière et classique beauté de Mistress Stawell ; son manque de liant et le mensonge de son attitude altière barrèrent toutes les brèches par où les hommages trop hardis et les flirts se glissent.

Les hommes préfèrent à une beauté trop majestueuse et trop fière les souples coquetteries des « jolies laides », si séduisantes parce qu'elles sont obligées de se mettre quelque peu en frais pour les conquérir.

Ceux qui essayaient de faire leur cour à Mistress Stawell, et qui d'ailleurs étaient remis impitoyablement à leur place, ne voyaient que les millions de l'Américaine. Elle devinait trop bien leurs intentions pour ne pas les déjouer sans aucune pitié.

Le baron Roger de Saint-Lorand ne connaissait de Lilian que cette apparence peu fidèle.

Peut-on juger à sa valeur une toile de maître exposée sous un jour faux ?

V

LE MASQUE ET LE VISAGE

> Il faut ôter le masque des choses
> aussi bien que des personnes.
>
> MONTAIGNE.

Lilian annoncée par le vieux Silvère était entrée gentiment dans le salon de la comtesse de Croix-Reigny, très simplement habillée d'une toilette de crêpe de Chine bleu marine, ne portant pour tous bijoux qu'une paire de grosses perles noires suspendues à deux oreilles qui n'auraient eu besoin d'aucun ornement pour attirer l'attention de gens difficiles et amoureux de jolis détails.

Après avoir embrassé sa vieille amie avec
autant de respect et d'affection que si elle eût
embrassé une mère, la jeune femme se tourna
vers le baron « Roro », la main loyalement tendue :

— Vous ici, monsieur « Rodger » ? prononça-
t-elle avec un accent légèrement britannique.
Oh, je suis heureuse tout à fait !

Elle s'assit... Son jeune corps, svelte et
élancé, offrait des lignes délicieuses et des
courbes élégantes.

Roger trouvait quelque chose de changé dans
la physionomie de l'Américaine. Quoi ? Impossible de préciser. Pourtant il avait su très bien
faire du premier coup cette remarque.

— Imaginez-vous, Lilian, un pareil événement ! fit Mme de Croix-Reigny. Mon très rare
neveu m'a accordé la faveur de venir me demander à dîner et je n'ai pas eu le courage de
le renvoyer.

— Vous auriez eu grand tort, ma tante, de ne
pas accueillir M. de Saint-Lorand, répliqua vivement la belle Lilian qui donnait volontiers ce

titre de parente à sa chère grande amie pour se
sentir en intimité plus étroite avec elle ; j'aurai
le plus sincère plaisir à passer la soirée avec
votre neveu que vous aimez et estimez si fort.

— Un vrai gentilhomme qui n'a pas été assez
de son siècle ! soupira Mme de Croix-Reigny.

— Hélas ! constata la jeune veuve dont le
front se rembrunit, les derniers siècles ont marché terriblement vite ! Nous autres, Américains,
nous cherchons gauchement à nous vieillir.
Votre Europe, France en tête, s'évertue tout
aussi maladroitement à se moderniser.

— Anachronisme ! reconnut « Roro », du ton
détaché d'un philosophe. Les sociétés ne savent
pas mieux porter leur âge que certaines femmes
ne se soucient d'avouer le leur.

— Parfaitement juste, monsieur « Rodger ».
Quand j'ai vu pour la première fois tante Elise
dans la bergère que voici, le regard si vif, si
gai, si intelligent, si bon ! oui, quand je l'ai
vue, délicieusement jeune sous la neige de ses
cheveux blancs en bandeaux, je l'ai reconnue
de suite.... C'était la grande dame française

telle que je me la représentais, belle jusque
dans la vieillesse, toujours aimable, toujours
charmante d'esprit et de cœur. Aussi, je ne me
sens heureuse et à l'aise nulle part autant que
dans cette maison et cette rue anciennes. Rien
n'y est improvisé. Des toiles comme celles-ci,
fit-elle en indiquant les portraits attachés aux
murs, l'argent ne les procure pas....

— Il y a les alliances, sourit Mme de Croix-
Reigny.

Les sourcils de l'Américaine se froncèrent.

— Des alliances acquises par l'or, ça ne
donne pas des portraits de famille ! affirma-
t-elle. Pourquoi ne pas afficher tout de suite à
l'Hôtel des Ventes, pour les filles milliardaires
à marier, des ducs et des marquis avec généa-
logie et galerie d'ancêtres garanties ?

— Vous êtes sévère, Lilian.

— Votre monde l'est bien davantage ! Beaucoup d'entre nos vierges ont l'âme haute et
pure. Elles croient à la noblesse. Elles lui ac-
cordent une supériorité universelle sur les
autres classes. Oui, elles ont l'ambition d'en-

trer dans ce monde d'élite parce qu'elles es-
pèrent y trouver des idées plus généreuses, des
sentiments plus élevés, un goût plus délicat et
des maris charmants. Les pauvres petites ca-
ressent aussi le rêve de se former à l'école de
femmes telles que vous, tante Elise, et de parvenir, sinon à les égaler, du moins à se rappro-
cher d'elles et à leur ressembler un peu.... Eh
bien, cette fusion de la Noblesse et de l'Or, qui
serait honorable pour tous, qui rendrait les plus
grands services à l'Humanité, on la raille, on la
rend grotesque. Que, d'aventure, une de nos char-
cutières, de nos pétroleuses ou de nos marchandes
de ferrailles soit admise à monter dans les car-
rosses de gala des cours impériales ou royales,
l'événement tourne au scandale ou à la bouffon-
nerie. On accuse les grands capitalistes américains de mal employer leur fortune. Est-ce même
chose, pourtant, de savoir gagner que de savoir
dépenser? Mais que la fille de l'un d'eux veuille relever un nom, une maison glorieuse dans le Passé
et prolonger l'Histoire, l'Europe entière s'amuse
de la pauvre enfant qui a tâché d'être sublime.

5

L'Américaine se tut.

La colère accentuait et durcissait ses traits.

« Ma première impression aurait-elle été la bonne ? » se demanda le baron.

— Du moment qu'une femme sait son cœur d'accord avec sa conscience, repartit la comtesse, elle n'a plus qu'à dormir sur ses deux oreilles.

— On peut agir très honnêtement et en toute sincérité pour ce que l'on croit être le mieux, penser prendre un mari modèle et tomber sur un brigand superbe qui guette les petites milliardaires au coin d'un notaire. Auriez-vous dormi sur vos deux oreilles, ma tante, si une semblable catastrophe vous était arrivée ?

— On ne se marierait jamais, Madame, remarqua « Roro », si l'on avait peur des catastrophes.

— Ne vous moquez pas, baron ! commanda Mistress Stawett en frappant du pied.

— Beaucoup de femmes sont trop portées à s'admirer, répliqua la comtesse. Elles s'érigent en victimes des hommes tandis qu'elles ne sont

que les propres victimes de leur légèreté, de
leur gloriole et de leur manque de discernement. Une femme n'a qu'à se taire et à se cacher, quand elle a été assez bécasse pour con-
fondre un chasseur de dot ou — pis est! — un
banal aventurier avec un vrai gentilhomme ou
un simple honnête homme.

— Oh! soupira Mistress Stawell, vous parlez
en grande dame de France. Nous, nous sommes
encore trop « nouvelles » et, à côté de vous, nous
restons des Barbares. Cependant, je vous le
jure! le peuple américain est un grand
peuple....

— Son plus grand tort est peut-être de pro-
clamer trop haut cette grandeur, observa le
baron.

— Qui n'a pas la fierté de son œuvre? pro-
testa la jeune femme. Vous autres Français,
n'êtes-vous pas les premiers à vanter votre
goût, votre élégance, votre politesse? J'ai vu
pourtant aux Courses, au Théâtre, des Français
d'une détestable tenue. J'ai rencontré des Parisiennes qui se prenaient pour des miracles de

chic, d'originalité et qui étaient attifées en vraies caricatures !

« Quelques-uns de vos journaux contiennent plus de grossièretés, de calomnies et de scandales que notre presse *jingöe*. Vos artistes et vos auteurs produisent trop souvent des œuvres d'art ou organisent des spectacles dont l'obscénité révolte les gens les moins bégueules ou dont la laideur et la bêtise font croire à de colossales mystifications. Vos rues sont dégoûtantes. Rien de plus sale ni de plus incommode que vos voitures publiques. Les étroites chaussées de vos avenues lilliputiennes sont tellement encombrées qu'on ne peut les traverser sans danger ou sans sergent de ville. Vous vivez vraiment un peu trop sur Notre-Dame, le Louvre, Versailles et la Comédie Française... Cela est-il vrai, oui ou non ? »

La bonne comtesse éclata de rire.

— Est-ce tout ce que vous trouvez à répondre ? fit Lilian exaspérée.

— Oui, belle Barbare, oui.... parce que vous avez tort et parce que vous avez raison.

— On ne peut pas avoir tort et raison à la fois.

— Si ce n'est pas possible en Amérique, déclara le baron, rien n'est plus facile à Paris.

— Je ne vous accorde pas la parole, opposa aigrement l'étrangère. Vous êtes un sophiste, comme tous les oisifs de ce pays-ci.

Roger s'inclina silencieusement.

— M. de Saint-Lorand n'est plus un oisif, rectifia Mme de Croix-Reigny. Il va travailler,

— Un travailleur de l'Avenir ! railla l'Américaine.

— Ce n'est pas non plus un sophiste, poursuivit la vieille dame. Il défend le bon renom de son pays au lieu de vous l'abandonner. Et vous, Lilian, vous nous blâmez, vous nous critiquez de parti-pris, uniquement parce qu'il vous est désagréable et incommode que nous ne soyions pas ce que vous êtes et que vous ne soyiez pas, vous-même, ce que nous sommes.

Mistress Stawett se mordit les lèvres.

Elle avait bien vu la poutre dans l'œil de son prochain, mais elle ne s'était pas occupée de celle qui s'était logée dans le sien.

Quelques instants plus tard, la comtesse et

ses deux convives s'asseyaient à une table coquettement dressée dans une belle salle à manger dont les fenêtres s'ouvraient sur les jar-
dins d'une ambassade.

Le dîner fut exquis. On ne discutait
plus.

Mistress Stawett avait bel appétit et appré-
ciait fort les menus d'une simplicité recherchée, d'une exécution parfaite, de cette table si
bien tenue. Elle était redevenue souriante, af-
fable, plus à l'aise que si elle avait été chez elle
dans son « palace » de la Cinquième Avenue, à
se retrouver dans l'intimité hospitalière d'une
vieille grande dame, pauvre relativement à son
nom et à sa race, tout à fait pauvre à côté des
cinq cents millions conquis par la dynastie des
Stawett dans l'âpre bataille des dollars.

— Tante Elise, proposa-t-elle au cours de la
conversation, j'ai commandé un landau pour
neuf heures, puisque les autos vous font horreur ; j'espère que vous voudrez bien venir respirer au Bois. Oserai-je demander à M. de
Saint-Lorand de nous accompagner ?

Roger accepta volontiers, tout en pensant à part soi :

« Si Maître Bazochay pouvait me contempler en ce moment, il reconnaîtrait que mon existence de « Jeune Homme Pauvre » s'annonce assez agréablement ».

La promenade au Bois sous la fraîcheur des acacias chargés de fleurs fut exquise.

Au retour, Mistress Stawett obligea la comtesse et le baron à prendre quelques rafraîchissements sous le hall du Jeffersons'Palace où elle occupait un appartement princier.

Le landau ramena chez eux la tante et le neveu.

— Maintenant que tu la connais mieux, demanda, chemin faisant, Mme de Croix-Reigny, comment la trouves-tu, ma belle et brave Lilian ?

— Je la trouve encore, et je vous le répète, un peu trop à idées, un peu trop universitaire, un peu trop *harvarde*, un peu trop bavarde..... Du Bourget d'exportation.... Du Bourget d'Outre-Mer...

— Elle est intelligente et elle a du cœur, mon ami. Quand on lui montre ses défauts sans la froisser, elle ne recule devant aucun effort pour s'en corriger. C'est une vraie femme : une aristocrate à sa façon — qui n'est pas tout à fait la nôtre.

Et tante Élise ajouta :

— Entre nous, Roger, par le temps qui court, les carrières publiques sont fermées ou trop pénibles pour un bon gentilhomme. Ton diplôme de licencié en droit ne te mènera à rien. Si tes études n'ont pas été bien sérieuses et ne t'ont préparé à aucune profession lucrative, ton éducation, ta personne, ta loyauté, ton caractère aimable te qualifient pour faire un délicieux mari.....

— Au coin d'un notaire, n'est-ce pas ? ainsi que vous disait tout à l'heure Mistress Stawett... Ma tante, ma bonne vieille tante, avant de me livrer à cette opération de Mandrin de l'Amour, je préfère tenter d'autres entreprises moins cambriolantes.

— A ton idée, grand enfant! Seulement n'attends pas trop longtemps pour revenir à la
mienne. Tu n'auras jamais de meilleures cartes
à ce jeu que ta fraîcheur, ta belle jeunesse, tes
yeux de velours et tes donts blanches.

VI

« M'SIEUR HERCULE »

L'homme est de glace aux vérités,
Il est de feu pour les mensonges.

LA FONTAINE.

Un homme se présente-t-il sur une grève avec
une auge et une truelle ? Sait-il à peu près s'en
servir ? Il trouve son pain cuit. La Société lui
fournit de l'ouvrage et lui accorde un salaire
fixé par des tarifs ayant force de lois. Elle ne
jouit même pas, en retour, du droit d'exiger de
lui des références à peu près sérieuses. Ne re-
connaît-on pas au pied du mur le maçon ?

M. de Saint-Lorand ne possédait que deux

modestes diplômes qui représentaient pourtant quelques dix ans d'astreinte à des études souvent rebutantes et à une discipline revêche à laquelle le bon législateur n'oserait jamais plier les petits télégraphistes non plus que les apprentis pâtissiers..... Marchandises sans valeur et sans emploi que ces parchemins coûteux et trompeurs délivrés S. G. d. U..... C'est-à-dire (oh, exactement!) « sans garantie de l'Université ». On serait fondé à croire, en effet, que, dans notre Démocratie qui devient de plus en plus inhabitable à mesure que des centaines de législateurs s'évertuent à l'améliorer, oui, l'on serait fondé à croire et à conclure que le droit au pain, sacré lorsqu'il s'agit de l'homme qui travaille de ses mains, n'existe plus pour l'homme qui ne travaille que du cerveau. Les diplômés, comme les superbement haillonneux « Réfractaires » de Jules Vallès, sont des hommes qui ont peut-être besoin de manger, mais auxquels ce besoin n'en confère pas plus le droit que la possibilité.

En dépit des invitations à l'énergie et à l'effort tombant en giboulées des lèvres les plus autorisées, « Roro » avait fini par très bien comprendre qu'on le laisserait crever de faim ou se jeter à l'eau sans en éprouver aucun remords, et même sans s'en apercevoir.

« Ah, s'il ne me restait pas mes trente-trois francs trente-trois centimes, se confessait-il douloureusement, je serais dans de beaux draps ! Il me faudrait vivre réellement cette tournée des grands-ducs que je fis autrefois par chic. Je collinerais des bottes de salsifis, des mannes d'épinards ou des caissettes de mandarines, la nuit, sur le carreau des Halles. Je coucherais sous les ponts. Je savonnerais des caniches sur les berges, quand j'aurais la veine de rencontrer un brave homme de caniche ayant envie d'être savonné. J'aurais aussi la ressource de ramasser des bouts de cigares. A quelles fins, Seigneur ? puisque le même tabac n'est pas manufacturé par l'austère Régie pour être fumé successivement par plusieurs bouches.

Mais ce qui blessait le plus profondément dans sa dignité ce jeune et opiniâtre chercheur de travail, ce qui détruisait le plus cruellement

6

ses illusions, ses espérances, c'était l'ironie, c'était l'hostilité des gens de son monde et de son milieu.

Il se faisait éconduire tout le long du jour par de hauts personnages qui le régalaient d'antiennes d'autant moins réjouissantes qu'elles étaient uniformes. « Les affaires sont pitoyables..... Il nous va falloir réduire nos frais généraux et notre personnel ». D'aucuns lui déclaraient brutalement qu'ils n'iraient pas payer à sa valeur un homme de son rang, de son éducation, de son instruction, quand on leur recommandait à foison de jeunes primaires qui, pour l'honneur d'être bureaucrates, acceptaient des salaires de famine dont l'offre seule eût appelé sur l'employeur le coup de pelle révolté d'un terrassier connaissant les lois et les tarifs du travail tout aussi exactement que le prix des boissons réputées hygiéniques.

M. de Saint-Lorand se serait certainement résigné devant ce *lamento* universel, s'il n'avait entendu, le soir, une toute autre chanson, sur un motif très différent. Dans les salons où il fré-

quentait encore pour cultiver ses relations dites
utiles, les gens qu'il avait vus si pannés et si
navrés dans la journée relevaient superbement
la tête et portaient beau. Ils affirmaient unani-
mement qu'il y avait trop d'argent dans notre
pays et que tout le malaise découlait de ce trop
d'aise, de sorte que le brave « Roro », candide
comme l'enfant qui vient de naître, n'arrivait pas
à discerner comment des coffres-forts bondés
d'espèces sonnaient subitement le creux dès
qu'il s'agissait d'accorder un emploi et de rétri-
buer un collaborateur doué de toutes les qualités
que l'on s'empressait de vanter en lui, sous condition de ne pas les rémunérer. Alors il cherchait
vainement à s'expliquer comment la France était
trop riche après dîner, si l'on se tenait aux conversations des économistes éminents et des gros
banquiers, tandis que le commerce et l'industrie
geignaient misère aux heures ouvrables.

Les échecs dont il fut ainsi victime attristèrent
profondément M. de Saint-Lorand, mais lui
furent profitables.

Dès qu'il eut reconnu que la valeur marchande de son travail était inférieure à celle de la besogne d'un garçon-maçon, peu disposé à se fouler aucune partie de sa respectable carcasse de prolétaire, la difficulté de gagner lui inspira la volonté de ne pas perdre.

Guidé par sa tante Elise, ce prodigue, averti enfin des inconvénients désastreux de la générosité irréfléchie, s'habitua à l'ordre et à une sage administration du peu qui lui restait.

Il s'entêtait dans la lutte.

Il voulait arriver quand même !

Mais comment ?.....

C'est peu de chose que la volonté d'un homme isolé et réduit à ses seules forces, s'il ne s'appuie pas sur la protection de gens très puissants ou sur des influences féminines infiniment supérieures aux titres les plus valables.

Tante Elise admirait la bonne volonté de son neveu et se désolait de ne pouvoir lui être bonne à rien.

Mistress Stawell, qui souhaitait le succès du

jeune homme, s'étonnait et s'indignait des obs-
tacles accumulés sur sa route.

— Monsieur « Rodger » est instruit, intelligent.
d'une éducation supérieure, disait la belle Lilian
à la comtesse de Croix-Reigny.... A défaut de
capacités tec niques, à défaut d'expérience, il a
des qualités exceptionnelles et, sans doute aussi,
des aptitudes. Chez nous, on le considérerait
comme une valeur, parce qu'il en est une. Au
lieu de le déprécier et de l'humilier, on l'em-
ploierait.

— Lui conseilleriez-vous de s'expatrier ?

— Oui, s'il avait immédiatement besoin de gagner son pain. Non, dans les circonstances ac-
tuelles. Il aurait trop à souffrir en Amérique
d'une façon de vivre qui diffère essentiellement
de vos mœurs et de vos idées.

« Scepticisé » par ses nombreux déboires,
M. de Saint-Lorand coupa tout d'abord le crédit
aux belles phrases de nos professeurs d'énergie
et se mit à l'étude, poussé par le secret espoir
de trouver une idée féconde et de travailler

pour lui-même, par lui-même, puisqu'il ne parvenait pas à travailler pour autrui.

La belle Lilian avait fortement contribué à donner aux projets du baron ce nouveau cours.

Un autre personnage avait déterminé complètement Roger à s'engager dans cette voie hardie et ardue.

Ce second personnage, un ancien camarade de collège, était le marquis Hercule de La Verdinière, « M'sieur Hercule », pour lui donner l'appellation sous laquelle il était devenu populaire du rond-point des Bergères à la caserne de Courbevoie et, de l'autre côté, du pont de Neuilly aux grandes usines de Puteaux.

Si le nom de La Verdinière n'est pas universellement connu, le Rhum Saint-Sosthène est célèbre dans le monde entier. Or, les colossales rhumeries de Saint-Sosthène étaient la propriété, par héritage, des frères Marc et Hercule de La Verdinière. Marc, ingénieur et chimiste, dirigeait les cultures et les usines de la Jamaïque ; Hercule exerçait à Courbevoie la périlleuse profession d'inventeur.

« M'sieur Hercule, » un grand gaillard d'un blond fauve... Tête de Christ sur de larges épaules imperceptiblement voûtées... Tête dont les grands yeux très doux semblaient refléter l'immensité de la bonté humaine dans la profondeur infinie de la méditation.

Cet homme aux lèvres sensuelles, à la bouche gracieusement dessinée, au sourire d'enfant, au front noble et pur, au nez droit et régulier, se parait, sans aucun artifice, d'une fruste et saisissante beauté.

Le mépris évident qu'il accordait à la Mode et aux élégances mondaines ajoutait encore au charme, à l'originalité de sa figure biblique.

Indifférent aux variations de la température, vêtu en toute saison de façon uniforme, ce colosse à la large barbe du ton roux des blés mûrs et aux longs cheveux enbroussaillés semblait errer à travers un étrange rêve.

Coiffé d'un petit chapeau de feutre mou, armé d'un lourd bâton d'épine et enveloppé d'un pardessus flottant aux vastes poches bourrées de flacons, de brochures, de manuscrits,

toujours accompagné d'un minuscule griffon
écossais qui trottinait sur ses talons ou qu'il
portait sous son bras, le jeune savant forçait,
sans s'y appliquer, l'attention.

Avide de savoir, indépendant par sa fortune,
ce personnage, accueilli d'abord avec bienveillance ou curiosité, avait été vite signalé
comme dangereux et subversif.

Chimiste et médecin, Hercule de La Verdinière s'était révélé dans sa poursuite et sa passion de l'Absolu comme une sorte de Don Quichotte de la Science : Don Quichotte, non par
utopie, par les élans d'un cœur trop prompt à
s'indigner, mais par un amour raisonné et
motivé de la justice et de la vérité.

Dès qu'il relevait une erreur, il la dénonçait.
Dès qu'il prévoyait un péril, il criait: « Au
feu ! » Dès qu'il surprenait un mensonge, un
bluff, un acte de mauvaise foi, il fonçait sur le
charlatan, le menteur ou le fraudeur, comme
un taureau d'Andalousie sur le poitrail recousu
de la rosse d'un picador. Il secouait la torche,
brandissait l'épée de l'archange, jouait du

gourdin dans la respectabilité des amphithéâtres et la majesté des Instituts. Affamé de preuves et altéré de certitudes, il soufflait sur le sophisme et déboulonnait les théories sacrosaintes, quand il avait acquis les moyens, visibles ou tangibles, de démontrer leur fausseté.

Oui, cet apôtre était dangereux... Dangereux comme tous les apôtres dont nous ne comprenons la sagesse divinatoire qu'après les avoir suppliciés...

On chercha à le murer dans du silence, à l'étouffer sous le dédain ; sa rude gaîté de bon géant s'en esclaffa.

« Depuis des milliers et des milliers d'années qu'il existe, le monde patauge dans l'ignorance, l'impuissance et la contradiction, pensait-il. Il s'y carre si bien qu'il serait stupide de prétendre déranger des habitudes immuables. »

Et il demeurait en repos, hilare et narquois, jusqu'à la bourrasque suivante et à la plus proche éruption, cloîtré au milieu de ses livres dans son laboratoire de Courbevoie, ne sortant que pour rendre visite à ses Apaches, à ses chers vagabonds, chez lesquels il allait étudier ce qu'il appelait par nargue « la combinaison de la Nature et du Progrès ».

Roger avait retrouvé Hercule à la Bibliothèque Nationale et ces deux anciens camarades de collège s'étaient pris de suite l'un pour l'autre d'une amitié fraternelle.

Aux jours de tristesse, de lassitude, le baron allait retrouver le marquis pour se faire enthousiasmer ou décourager, suivant l'humeur de ce dernier.

Au début de leur amitié, le baron avait pris « M'sieur Hercule» pour un extraordinaire toqué.

Au bout de quelques séances au laboratoire de Courbevoie, à la suite de quelques expériences aussi merveilleuses que des miracles, le jeune homme avait dû reconnaître qu'il se trouvait en présence d'un admirable génie.

Il l'avait tendrement aimé dès qu'il avait connu son cœur.

Il le vénérait depuis qu'il avait été initié à ses travaux.

VII

DEUX CŒURS PARLÈRENT...
DEUX FLEURS S'OUVRIRENT...

> On sent alors qu'il y a quelque chose
> de sacré dans le cœur qui souffre
> parce qu'il aime.
>
> (Préface d'*Adolphe*).
>
> Benjamin Constant.

Hercule de La Verdinière voulait arracher à la Nature ses secrets.

Mistress Lilian Stawett avait soif d'une justice et d'une liberté incompatibles avec l'égoïsme universel.

Irritée, désolée des échecs immérités de M. de Saint-Lorand, elle le plaignait et lui savait gré de son courage, de sa persévérance inlassables. Une camaraderie charmante, des plus rares entre un homme et une femme de leur âge, s'était établie entre eux.

Une année se passa ainsi..... L'Américaine fit quelques courtes absences ; Roger se rendait plus fréquemment au laboratoire de Courbevoie.

L'esprit du baron s'était teinté d'ironie et d'amertume. Il ne reprenait son naturel aimable et indulgent qu'auprès de Mᵐᵉ de Croix-Reigny, les jours où l'humeur de Mistress Stawett était au beau calme.

Un moment, Roger pensa trouver à Madagascar une situation digne de lui, et qui semblait offrir les plus séduisantes promesses. Le jeune homme se résigna à l'éventualité de s'éloigner de ceux qu'il aimait si cordialement. Oui, il consentirait à s'expatrier puisqu'il ne disposait d'aucun autre moyen de refaire sa fortune et sa vie.

La tante Elise eut l'âme déchirée et la belle Lilian fut grandement émue, sans le laisser voir.

Ce gentilhomme ruiné, pour lequel sa sym-

pathie s'était changée en amitié, allait-il lui inspirer un sentiment plus vif, alors qu'elle avait
cru s'affranchir des défaillances de la chair et
du cœur?

L'Amour était-il réellement le maître du
monde?

Cette dernière idée l'humiliait plus encore
qu'elle ne la révoltait. Et ce qui l'exaspérait
davantage, elle qui se prétendait capable de
gouverner sa volonté comme un mécanisme
d'une précision parfaite, c'était de pressentir
qu'elle pourrait bientôt manquer de la force
nécessaire pour résister à la loi de l'aveugle et
néfaste tyran.

L'Amour!!....

Les hommes et les femmes en avaient fait un
Dieu. Et ce Dieu ressemblait à un monstre charmant et grotesque, colossal et puéril! Symbo-
lisé par l'Art sous la forme d'un enfant joufflu et
potelé, des ailes au dos, le carquois en sautoir,
il avait l'air, aux yeux de cette créature toute
de raison et de devoir, d'un joujou tragique...

Pour ce joujou, les hommes et les femmes

avaient éternellement souffert. Les peuples s'étaient rués les uns contre les autres. Le sang humain avait ruisselé sur les couches désho- norées et sur les trônes.

Obéir à la cruelle loi de ce bambin funeste et tout-puissant, c'était, pour la fière Lilian, la pire des abdications. Sans avoir adopté les doctrines ultra-libertaires de certaines théoriciennes, elle considérait l'homme, par l'effet d'une prudence trop justifiée, comme un voisin dangereux, vivant de l'autre côté de la frontière dans un état de paix armée. Et elle était toujours prête à repousser les attaques et les surprises ou à barrer la route aux « raids » trop téméraires du conquérant.

Or, voici que le seul homme auquel son ins- tinct de femme toujours sur le « qui vive » avait accordé confiance, ce Roger, ce gentil et futile « Roro » l'intéressait profondément.

Savoir qu'il allait peut-être quitter la France était plus que désagréable à Lilian. Pénible?.... Oui. Pénible! Et, sous prétexte qu'elle possé- dait des mines, des chemins de fer, des puits à pétrole, elle avait voulu se renseigner sur la valeur et l'avenir de cette affaire de Madagascar à laquelle le baron projetait de s'associer. —

Lâcheté morale? Impuissance de la Volonté? Pourquoi pas? Où est-il le cœur sans faiblesse? Où la cuirasse sans défaut? Comment cette femme autoritaire aurait-elle été plus inaccessible à l'Amour que d'autres, tout aussi vaillantes, tout aussi intelligentes!

Donc, un beau matin, Mistress Stawett avait rendu une grave visite, rue de la Paix, à son oncle, le banquier Thomy Woodney, beau vieillard aux longs cheveux de neige, aux épais favoris blancs, à la parole onctueuse et mesurée, qui joignait la circonspection d'un ecclésiastique au tact d'un diplomate de la vieille école.

Après avoir écouté sa nièce d'un air sérieux, digne du comédien le plus admirable, ou d'un vieux chancelier qui ne s'en laisse conter par personne, le perspicace vieillard démêla de suite le but réel de cette consultation d'affaires.

En sa large indulgence pour les contradictions

ou les fléchissements de conscience, quand ils
découlaient d'une source pure, la capitulation
sentimentale d'une âme pétrie de fierté et d'é-
nergie telle que celle de sa belle nièce lui parut
tout aussi normale que la succession des saisons.

Le banquier connaissait le baron de Saint-
Lorand, étant du même cercle, et le jeune
homme jouissait de son entière estime.

Parent dévoué et sûr, M. Woodney rendit le
service qu'on lui demandait, tout en se renseignant plus à fond, pour plus de sûreté, sur le
baron lui-même, car il eût été désolé de laisser
tomber Lilian entre les griffes d'un homme de
plaisir ou d'un joueur incorrigible.

Cette double enquête fut conduite avec autant
de rapidité que de finesse. Le banquier acquit
l'assurance de la parfaite honorabilité de Roger.
D'autre part, il put démontrer très aisément à
Mistress Stawett que le baron était circonvenu
par une bande d'éhontés faiseurs qui n'en vou-
laient qu'à ses derniers capitaux.

Lilian retint difficilement sa joie en entendant
ces révélations.

Tout en sauvant d'un désastre le neveu de tante Elise, elle allait le retenir à Paris !

En sortant de la Banque Woodney, la riche veuve envoya à M. de Saint-Lorand un « bleu » pour lui annoncer qu'elle avait à lui faire une communication de la plus haute importance et qu'elle l'attendait au « Jefferson ».

Quoique le style des « petits bleus » soit nécessairement impersonnel, le baron, après avoir lu celui-là, reçut en plein cœur une décharge électrique.

La richesse excessive de Lilian lui avait inspiré, au début de leurs relations, une sorte d'effroi, d'instinctive aversion. Malgré toute sa beauté, Mistress Stawett lui avait donné, d'abord, l'impression d'une créature supérieure dont le charme serait détruit par une difformité ou quelque ridicule tels qu'une grandeur excessive ou un embonpoint outré. Mais cette antipathie, que la fierté dédaigneuse et voulue de l'Américaine avait développée naguère, s'était atténuée puis fondue dans

7*

l'intimité du salon de la comtesse de Croix-Reigny.

Lilian seule avait encouragé le pauvre « Roro » qui avait tant besoin d'affection et de réconfort. Elle avait été seule aussi à le plaindre, à le consoler de ses revers.

En vivant plus près d'elle, M. de Saint-Lorand avait fini par découvrir que la belle Américaine ne différait finalement des autres femmes que par la possession de quelques centaines de millions et le jeune gentilhomme français avait goûté alors, sans réserve, ce qu'il y avait de douceur, de bonté féminine derrière une autorité impérieuse, derrière une fermeté plus affectée que réelle.

A force de tact, de précautions délicates, le baron avait réussi jusque-là à déguiser sous l'apparence de la plus pure cordialité un roman dont les premiers chapitres s'étaient écrits tout seuls, sans le consentement des auteurs.

L'Amour vrai n'a besoin ni de secrétaires, ni de sténographes, ni d'analystes. Semence invisible et mystérieuse, il germe et *lève* parmi les ronces

et sur les rochers, c'est-à-dire au fond des âmes
les plus impitoyables et qui se croient stérilisées.

La riche Américaine et le gentilhomme ruiné
ne démêlèrent le caractère vrai de leur entrevue qu'à ce moment où ils se trouvèrent en tête
à tête dans le salon de la voyageuse.

Pourquoi Lilian n'avait-elle pas convoqué
Roger chez Mme de Croix-Reigny?

Pourquoi la bonne comtesse avait-elle été
exclue de cet entretien dont elle était la confidente désignée ?

Tous deux, néanmoins, eurent le sang-froid
de se remettre; mais, si leurs visages expri-
maient les sentiments les plus calmes, leurs
cœurs étaient singulièrement agités.

Mistress Stawett prit précipitamment la parole, d'un ton positif et précis, avec un accent
plus britannique qu'à l'ordinaire.

— Oh ! fit-elle, je suis bien heureuse, monsieur « Rodger », de vous voir arriver aussi
vite. C'était très urgent! Je viens de déjeuner
chez mon oncle Woodney.....

— Le banquier?

— Le banquier... J'espère que vous ne vous êtes pas engagé, que vous n'avez rien conclu pour Madagascar.

— Vous êtes aussi renseignée sur mes négociations que ma tante Elise. Vous pouvez donc juger par vous-même que je n'ai rien à craindre.... Des pourparlers poussés assez avant... Rien de plus.

— Dieu soit loué!

— L'affaire serait-elle mauvaise?

— L'affaire n'existe pas.

— Les gens qui l'ont proposée....

— .....sont d'affreuses canailles qui cherchent à détrousser les amateurs de colonisation.

— Et comment, chère amie, avez-vous éventé ce traquenard?

Lilian rougit légèrement:

— Hasard providentiel! La conversation, au déjeuner, est tombée sur Madagascar, que mon oncle Woodney connaît à fond.

M. de Saint-Lorand réprima un mouvement

d'incrédulité plus que légitime. Il lui semblait plus que douteux, en bonne logique, que le financier américain fût documenté de cette façon précise sur un pays aussi éloigné de son centre habituel d'opérations.

— J'ai parlé de vous et de votre affaire, se hâta d'expliquer Mistress Stawett. Oncle Woodney s'est écrié aussitôt : « Le baron est un charmant homme que j'estime particulièrement. Nous pouvons lui éviter un malheur ou de gros ennuis. Avisez-le sans perdre un instant. Avisez-le même de ma part, si vous le jugez utile. » Voilà qui est fait.

— Décidément, je n'ai pas de chance. Pour une fois que je crois trouver une situation, je retombe sur le pavé !

— Mon pauvre ami « Rodger », soupira Lilian, c'est vrai que le mauvais sort s'acharne contre vous. Écoutez-moi ! Nous sommes de vieux amis... Un peu frère et sœur... Je suis aussi votre obligée...

— Vous ?

— Oui... Vous avez été très charitable.

— Charitable ? s'exclama le baron. Et en quoi ?

— Je maintiens le mot. Les uns, le pensant ou ne le pensant pas, me répètent toutes les fois qu'ils l'osent que je suis belle et m'ont réduite à considérer la beauté comme le plus grand désagrément qui puisse arriver à une femme. Les autres me laissent voir trop bêtement, trop bassement, qu'ils convoitent ma fortune. Ils m'ont rendu l'amour odieux. Ils ont réussi à m'insensibiliser, à me pétrifier le cœur... Vous seul, mon frère « Rodger », vous m'avez fait grâce... Je n'ai été pour vous ni la dame aux millions, ni la prétendue *sensationnal beauty*, et je me suis trouvée, dans notre bonne amitié, en sécurité aussi complète qu'auprès de notre tante Elise. Non, mon cher « Rodger », les hommes ne se doutent pas assez du plaisir que nous causent ceux qui sont aimables et bons avec nous, ceux qui sont assez bien élevés pour se dispenser de certaines galanteries et de déclarations qui semblent plus brutales, plus outrageantes à une honnête femme qu'un soufflet. Et c'est parce

que vous avez su si bien rester le neveu de
votre tante et l'ami parfait de son amie que Lilian Stawett porte un intérêt profond à votre
succès dans les affaires et vous garde en son
cœur ulcéré la plus sincère reconnaissance.

Cette reconnaissance s'exhalait délicieusement des lèvres de Mistress Stawett pendant
qu'elle achevait son étrange petit discours. Mais
aurait-elle juré, si on l'avait exigé à cet instant,
que ce sentiment seul le lui avait dicté?

Roger savait trop bien interpréter les paroles
des femmes pour se méprendre sur le fond
d'un langage qui le ravissait et le désolait tout
ensemble.

Il avait trouvé en Lilian la plus exquise amie.
Hors de l'amitié, la riche Américaine, avec son
orgueil, sa méfiance, sa volonté de fer, lui
apparaissait comme un très dangereux adversaire ; mais cette amitié les avait entraînés plus
loin qu'ils ne l'auraient souhaité depuis qu'ils
s'étaient laissé prendre à son charme envelop-
pant.

Le baron voyait l'écueil émerger de l'écume

et du tourbillon... Il ne voulait pas s'y bri-
ser.

Tout lui disait déjà qu'elle aimait et qu'il aimait...

Il fallait se dégager. Il fallait se reprendre !

Cette pensée, cette résolution s'étaient formées
en l'esprit de « Roro » avec la soudaineté de
l'éclair, tandis que Mistress Stawett obéissait
déjà à la griserie de son cœur.

— Ne me plaignez pas trop, répondit le jeune
homme, en soulignant ses paroles d'un sourire
plein de mélancolie. Ce nouvel échec m'épargne
la rudesse de l'exil et la cruauté de la séparation.
Je vais rester auprès de ceux qui me sont chers
et, après tout, j'ai le pain assuré. Ne puis-je
attendre en espérant ?

— Cette situation précaire est indigne de votre
mérite. Elle me révolte. J'en souffre autant que
vous.

— Si je voulais... avança-t-il...

— Si vous vouliez ?

— En votre pays, demanda le baron sur un
ton qui accusait son inquiétude, l'on ne fait

point, je crois, de sottes distinctions entre les négoces. Le pharmacien ne se juge pas au-dessus de l'herboriste. L'herboriste ne méprise pas la verdurière ou la fruitière. Point de sots préjugés. Point de classifications arbitraires !

Mistress Stawett regarda M. de Saint-Lorand comme si elle eût craint qu'il ne devint fou.

— Il y a une part de vérité dans votre opinion, reconnut-elle. En quoi ces idées américaines influenceraient-elles un gentleman tel que vous ?

— Je suis victime des coutumes de notre vieux monde, repartit le baron. Allez-vous me blâmer de les fouler aux pieds ?

— Je ne suppose pas que le baron de Saint-Lorand ait l'intention de s'établir herboriste ou de fonder une épicerie dans le seul but de fouler aux pieds les préjugés de la vieille Europe.

— Ma foi, presque...

— Vous, « Rodger » ? Vous !

— Vous connaissez mon grand ami, le marquis Hercule de La Verdinière.

— L'homme qui a une tête de Christ hollan-

8

dais, un grand paletot, un gros bâton et un petit chien.

— C'est cela même. Eh bien, l'homme au petit chien adore les bêtes.

— Il a joliment raison.

— Cet être bizarre et superbement indépendant est un prodigieux savant. Un jour, ses travaux et ses découvertes étonneront le monde ; mais ce géant, si robuste soit-il, tomberait écrasé sous le poids de son effort et de sa tâche, s'il ne se reposait jamais. Et sa méthode est des plus simples ! La Verdinière se repose en travaillant encore. Il se contente d'abandonner l'étude des grands problèmes auxquels il s'est attelé pour aborder des questions d'un ordre plus terre à terre et plus pratique.

— Le marquis de La Verdinière s'occuper de quelque chose de pratique ? ce serait le monde renversé !

— On peut avoir de la fantaisie dans le caractère et dans l'humeur tout autant que de la méthode dans l'esprit comme dans le travail.

— Je ne suis pas curieuse. Je ne serais tout

de même pas fâchée de voir comment vous vous tirerez d'une démonstration aussi paradoxale.

— Rien de plus facile. Emu par les ravages exercés sur la race canine par cette terrible affection que l'on nomme vulgairement « la maladie », M. de La Verdinière inventa, il y a quelques années déjà, un remède à la fois curatif et préventif de la plus complète efficacité. Ses expériences renouvelées plusieurs centaines de fois ont toutes réussi à la perfection.

— Je ne discerne pas en quoi ni comment cette découverte, assurément fort utile...

— Du moment que vous la jugez utile, vous reconnaissez que mon ami Hercule est capable de concevoir et de réaliser des idées pratiques.

— D'accord. Mais ce remède...

— La fabrication de la bienfaisante drogue et son énorme vente rapporteront des bénéfices considérables. Le marquis avait tout d'abord l'intention, par humanité et par insouciance, d'en laisser tomber le produit dans le domaine public. Me voyant dans l'impossibilité de gagner con-

venablement ma vie — ainsi que devrait en avoir
la faculté tout homme capable de travailler —
Hercule a résolu de fabriquer, de vendre lui-
même la « Tisane des Toutous ». Pour renflouer
ma barque échouée et relever ma fortune effon-
drée, il m'associe de moitié à une entreprise qui
vaudra bientôt une mine d'or. Si vous voulez
en outre être édifiée sur la valeur de l'ami, je
vous affirme qu'elle dépasse celle du savant.

— En vérité ? s'écria Lilian un peu jalouse.

— Hercule a refusé le peu d'argent qui me
restait et que j'eusse été heureux de mettre à sa
disposition, car il en possède plus qu'il n'en faut
pour monter cette affaire. Il n'accepte que l'ap-
port de mon concours personnel.

Aussi hardie qu'elle pût l'être dans ses idées,
Mistress Stawell se crut la proie du vertige en
entendant Roger lui exposer les extraordinaires
projets du marquis Hercule.

— « Rodger », mon ami « Rodger » ! s'écria-
t-elle, ne pouvant plus se contenir ni dissimuler
ses vrais sentiments, je ne veux pas pour vous

d'une pareille abdication. La « Tisane des Toutous »... Ah ! quelle horreur ! C'est impossible
cela ! Si le monde n'a pas su estimer votre valeur
et votre qualité d'âme, je les connais, moi ! L'honneur doit être honoré. La loyauté doit être ré-
compensée. Votre pauvreté était un obstacle à
votre avenir, à votre réussite... Vous n'êtes plus
pauvre. Vous pouvez entreprendre ce que vous
jugerez utile... Je suis devenue votre sœur et
je suis riche !

Roger regarda douloureusement cette sœur
qui lui venait du ciel.

Son visage se couvrit d'une pâleur mortelle.

— Lilian, affirma-t-il, notre amitié est grande
et loyale. Elle s'est épanouie comme une fleur
rare dans la douce maison de tante Élise. Vous
savez bien pourtant que je ne puis accepter votre
argent.

— J'ai le droit de vous l'offrir. Si je vous
l'offre, c'est que j'ai foi en votre avenir et que
je suis sûre de la probité du neveu de la comtesse
de Croix-Reigny.

Elle se tenait devant lui, toute droite, fière et assurée, certaine de la correction de sa conduite et de son langage, en femme au cœur sans reproche, en femme dont aucun doute n'avait jamais effleuré la conscience.

— Vous n'écoutez que votre bonté, Lilian, et votre bonté serait une excellente conseillère si vous agissiez ainsi pour aider un homme qui a une œuvre en préparation. Mais moi! Moi, je n'ai pas d'œuvre préparée... Je n'ai même pas de projets ! Quand avez-vous vu un capitaliste offrir ses fonds à quelqu'un qui ne saurait pas à quoi les employer ?

— Ne pensez pas un instant que je sois un capitaliste ! Non ! je suis votre amie Lilian et vous êtes mon ami « Rodger ». Je tiens à vous être utile, j'essaie de vous rendre service parce que vous êtes mon ami. Qui trouverait à redire à cela ?

— Moi !

— Vous me forcez par votre résistance à vous révéler l'entière vérité. Mon oncle Woodney devient vieux. Il serait heureux de se reposer

sur un associé fidèle dont il resterait le guide...
Et moi, moi qui ai de gros intérêts dans la
maison...

— Qu'est-ce que tante Elise a pensé de cette
combinaison ? demanda vivement M. de Saint-
Lorand.

— Tante Elise... tante Elise... répéta l'Américaine bouleversée par cette question inattendue.

— Ma pauvre chère amie, vous ne saurez jamais mentir.

Elle rougit légèrement et baissa les yeux.

— Non, fit-il, tante Elise ne sait rien de cette
superbe affaire Woodney parce que votre bon
cœur vient de l'inventer pour les besoins de votre
mauvaise cause. Du moment qu'il vous faut de
semblables prétextes, c'est que vous jugez inté-
rieurement, tout comme moi, que votre propo-
sition n'est pas acceptable.

— Ah ! riposta Mistress Stawell en lui ten-
dant les deux mains ; je ne m'étais pas trompée !
Vous êtes l'honneur et la délicatesse même. Me
permettez-vous, mon ami, de vous parler libre-
ment, franchement ?

— Non, Lilian, je ne vous le permets pas..... Reprenez-vous. Remettez-vous. Veillons avec un soin jaloux sur une tendre amitié qui nous fait pardonner à la vie bien des amertumes. Oublions momentanément les paroles, les idées, les sentiments que nous nous connaissons... Plus tard, oui, plus tard, si votre ami Roger sort vainqueur des premières difficultés et affirme par les résultats qu'il est capable de grandes entreprises, eh bien, il sera temps alors, seulement alors, de travailler ensemble et de nous consacrer à de belles œuvres...

— « Rodger » ! « Rodger » ! Pourquoi différer ? Pourquoi nier ce qui est ? Pourquoi nier ce qui doit être ? Je ne suis qu'une femme. Je n'ai ni votre courage ni votre fermeté... La vie très rude à laquelle j'ai été astreinte m'avait rendue incrédule aux sentiments ou aux paroles généreuses. Hostile aux gens qui m'entouraient et me recherchaient, j'étais prisonnière de ma volonté. Je m'étais incarcérée dans un cachot sans ouverture, refusant toute communication avec un monde par lequel j'ai eu

trop à souffrir. Alors que je me croyais condamnée jusqu'à la vieillesse à une existence
errante et cosmopolite, d'hôtel en paquebot, de
paquebot en hôtel, mais qui m'offrait la ressource de pouvoir disparaître et me dérober à
mon gré, quand ma grosse fortune m'avait
causé trop d'ennuis ou trop d'affronts, j'ai retrouvé ici, à Paris, en Mme de Croix-Reigny
et en vous, tout ce qui fait le charme du foyer
et de la famille. Mon âme s'était desséchée sous
la dureté et l'égoïsme universels. Elle s'est ra-
nimée, elle a refleuri dans une atmosphère d'af-
fectueuse bonté... J'ai pu regarder bien en face
des visages humains. Mon cœur a retrouvé l'espérance... « Rodger », « Rodger »! je me sentais
presque heureuse... Par vous, pour vous, je
puis le redevenir tout à fait...

— Contentez-vous de ce qui nous est donné,
ma pauvre et chère Lilian. Vous aimez la noblesse et vous êtes noble vous-même. N'altérez
point ce qu'il y a de pur et de charmant dans
tout ce qui existe entre nous. Oublions l'argent et le venin qu'il distille en d'affreuses ar-

rière-pensées... Vous êtes la raison même. Écoutez la raison ! Ici, elle est d'accord avec l'honneur. Ce que vous m'avez offert dans l'intention la plus exquise est inacceptable pour un gentilhomme digne de ce nom et de son nom français. Vous le savez bien, vous qui disiez à ma tante de Croix-Reigny, en regardant ses tableaux, que l'on ne peut acquérir à coups de millions des portraits d'ancêtres... Je vous quitte, en vous priant de réfléchir. Vous reconnaîtrez que la riche Mistress Stawett et le baron de Saint-Lorand, qui est ruiné, n'ont le droit que d'être deux excellents amis liés d'une affection d'une inaltérable pureté.

Il baisa tendrement la main de l'Américaine et sortit.

La jeune femme médita quelques instants, puis un éclair de joie illumina ses yeux.

Elle sonna.

Un domestique parut à la porte du salon.

— L'auto, tout de suite ! commanda-t-elle.

VIII

LE DANGER D'ÊTRE TROP SINCÈRE

> La modestie sincère est un suicide ;
> on est toujours pris au mot.
>
> A. d'HOUDETOT.

— Ma pauvre Lilian, vous avez commis une faute impardonnable, s'écria tante Elise désolée de la confidence qu'elle venait de recevoir.

— J'ai gaffé ? demanda l'Américaine.

— Supérieurement.

— Et pourquoi ?

— Parce que vous êtes allée dire à ce garçon que vous voulez être sa sœur et que votre plus joli bonheur serait de devenir sa commanditaire !

— Oh, je comprends ! J'ai été absurde, ridicule...

— Trop nouveau monde, simplement.

— Il faut réparer tout de suite.

— Jamais tout de suite. Une femme intelligente se doit à elle-même d'apercevoir ses erreurs en se gardant de les reconnaître.

— Oh, ça m'est tout égal ! Du moment que j'ai eu tort, je demanderai pardon à « Rodger ».

« Demander pardon ! »

Une pareille idée scandalisait à elle toute seule la bonne comtesse.

— « Demander pardon ! » protesta-t-elle... Mais ce serait de la folie... Une femme a-t-elle jamais demandé pardon à un homme ! En êtes-vous là en Amérique ?

— Quand on a des torts, on doit les réparer. C'est tout à fait naturel.

— On doit les effacer, si l'on est juste. Et cela suffit grandement. Puis je ne trouve pas si naturel de confesser ses torts. Les torts d'une femme, cela ne regarde que Dieu.

— Je perds la tête...

— Ça n'arrangerait pas mieux vos affaires. Reprenez-vous et n'oubliez plus que vous êtes à Paris, ville où les femmes de goût repoussent avec horreur le féminisme. Pourquoi s'abaisseraient-elles à égaler les hommes ? Elles les dominent. Et de quelle hauteur ! Lorsque Bonaparte conçut le dessein d'être empereur, Paul-Louis Courier s'écria : « Il aspire à descendre. » Voulez-vous aspirer, vous aussi, à descendre ? Voyons : à quoi bon être citoyenne ou électrice, quand on est reine ? Ne perdez jamais de vue la situation exacte des Parisiennes de race ou d'adoption et, avant toute autre chose, n'allez pas déchoir aux yeux de Roger.

— Que va-t-il faire ?

— Il va faire comme vous... il va venir me voir...

— Je lui ai tenu un langage absurde. Je l'ai offensé en pensant le servir... Dites-lui qu'il m'aime et que je l'aime !

— Nous ne pouvons marcher de ce train.

— Il m'aime, et de toute son âme ! je vous le jure.

9

— Je suis pleinement de votre avis. Il vous aime follement ; mais il est résolu, plus follement encore, à ne pas vous épouser... Ai-je le pouvoir de l'y contraindre ?

— Il va donc falloir l'attendre ?

— Evidemment, parce qu'il y arrivera.

— Supposez qu'il s'obstine...

— Nous aurons de la patience.

— Vous, oui. Moi, non.

— Quand il aura un peu souffert, il se soumettra. C'est la loi invariable de l'Amour. Surtout chez l'homme.

— Et s'il ne revenait pas ?

— Voilà quelque chose à quoi je n'aurais jamais songé, fit Mᵐᵉ de Croix-Reigny avec la plus fière assurance.

IX

L'ENNEMI DES FEMMES

> Où il y a chiens, il y a puces; où
> il y a pains, il y a souris; où il y a
> femmes, il y a diables.
> (*Récréations philologiques.*)
> FRANÇOIS GÉNIN.

Tandis que Mistress Stawett cherchait secours chez Mme de Croix-Reigny, Roger rentrait chez lui, faisait en hâte sa malle et s'empressait d'aller se cacher à Courbevoie, chez son ami Hercule. Moyen le plus simple entre tous de se dérober à de plus amples explications.

Le baron, enchanté sur l'instant de s'être montré aussi ferme, ne tenait nullement d'ailleurs à soumettre sa force de caractère à de plus rudes ou à de trop douces épreuves.

Tante Elise attendit donc inutilement la visite du fugitif.

Le Monsieur était devenu beaucoup moins commode à conduire qu'il n'en avait l'air.

Quinze jours, un mois se passèrent ainsi...

La comtesse avait envoyé plusieurs fois son valet de chambre aux nouvelles.

Le vieux Silvère ne put rien tirer de la concierge de M. de Saint-Lorand qui ne connaissait même pas l'adresse provisoire de son locataire.

Mistress Stawett ne sortait de l'exaspération de cette attente insupportable que pour tomber dans le désespoir.

Tante Elise, cruellement mortifiée, présumant fort judicieusement que son neveu s'était caché chez Hercule de La Verdinière, lui avait écrit et Roger n'avait donné réponse que plusieurs jours plus tard, par un billet daté de Trouville.

On peut fort bien résider à Courbevoie et dater une lettre de Trouville. Des ruses cousues de ce gros fil n'abusaient pas Mme de Croix-Reigny. Puis ce billet n'annonçait rien, sinon

que Roger priait sa tante de ne point s'in-
quiéter de sa santé et refusait absolument d'engager toute conversation.

Quand M. de La Verdinière avait été mis au
courant de l'aventure de son ami, sa gaîté n'é-
tait bruyamment épanouie.

— Tu as richement bien fait, garçon, approu-
va-t-il, de planter là cette Américaine. Les bons
moines faisaient vœu de célibat ; ils professaient,
pour leur paix sur la terre et leur joie dans le
ciel, la sainte et salutaire horreur de la Femme,
bien avant ce vieux bougon de Schopenhauer
qui ne bouda pas toujours devant Elle. Conve-
nons du reste que ces dignes religieux avaient
quarante mille fois raison de dénoncer aux
imbéciles ou aux tristes concupiscents que
nous sommes la scélératesse du monstre charmant et fatal. La Femme, oui, mon vieux
« Roro », voilà l'éternel ennemi de notre repos,
de notre travail et de notre sérénité. L'affaire
date de notre mère Ève. Et cette affaire-là ne
finira qu'avec l'humanité ! Je préfère les me-

9*

naces de la Tentatrice à ses sourires, sa haine
la plus féroce à son amour le plus tendre. Si
elle nous aime par hasard, c'est pour nous
abaisser. Est-ce qu'elle respecte la gloire ? Est-
ce qu'elle respecte le génie ? Reporte-toi plutôt
à la vie de Mozart, à la vie de Beethoven...
Les critiques d'aujourd'hui s'appliquent à nous
dévoiler sans aucun ménagement les amours des
hommes illustres. C'est à pleurer ! Ils sont plus
bêtes avec les femmes (Les grands hommes. Pas
les critiques !) et plus mal traités à leur foyer,
en expiation de leur gloire, que de vulgaires
bourgeois ou de modestes ouvriers. O néant
de toutes nos vanités ! Il en va de même pour
les riches et les puissants qui croient, les
gourdes ! que l'Or et le Pouvoir comptent en
amour.

» Pourrait-on inventer, mon ami, quelque
chose de plus sinistre que la chronique des aven-
tures successives d'une parure de pierres précieuses datant seulement des Valois ? Et peut-
on séparer de l'Histoire de la Femme celle de
la Perle fascinatrice ou du Diamant qui est et

qui fut le Séducteur éternel. On tonne, et avec
raison, contre l'alcool... Mais le bijou, vrai ou
faux, n'engendre-t-il pas tous les crimes, toutes
les lâchetés, toutes les ignominies? Si les rubis
et les saphirs parlaient, l'histoire connue, de
Juvénal à Saint-Simon, ne serait qu'une chlo-
rotique berquinade... Va! tu as bravement fait
ton devoir de gentilhomme, s'il t'agrée, ou de
chrétien, si tu préfères, en te réfugiant héroï-
quement dans mon antre de sorcier!

Hercule souriait, debout au milieu de son
vaste atelier encombré de livres, de bocaux et
de fioles, d'alambics, de cornues aux formes
étranges, et Roger contemplait avec une curiosité mélangée de terreur ce colosse à barbe
blonde enveloppé d'une longue blouse noire,
une blouse de typographe toute roussie par les
acides et par les étincelles de ses fourneaux.

Dans ce décor de féerie scientifique, qui
offrait l'aspect du laboratoire d'un magicien in-
vesti d'un pouvoir surnaturel, M. de Saint-Lorand se sentait dominé par une puissance occulte.

Il regrettait presque d'être venu à Courbevoie...

Etait-ce chez ce savant d'une misanthropie
féroce que son cœur pourrait obtenir les conso-
lations et le soulagement si nécessaires à sa
sensibilité?

X

RIEN NE SERT DE COURIR...

> Il est bien nécessaire d'employer de
> l'argent à des perruques, lorsque
> l'on peut porter des cheveux de
> son cru qui ne coûtent rien.
>
> (*L'Avare.*) MOLIÈRE.

M. de La Verdinière observa pendant le dîner
que Roger souffrait profondément et se reprocha
« d'avoir fait la brute » au lieu de s'appliquer à
panser délicatement la blessure de son ami. Le
baron fut touché de tant de tendresse fraternelle.
Quelques verres de vieux bourgogne et la gaîté
de l'inventeur produisirent plus d'effet que des
exhortations oiseuses ou des conseils d'une sagesse surhumaine.

Tout en préparant le café dans une mignonne cafetière russe, « M'sieur Hercule » interpella son hôte.

— Mon garçon, fit-il, puisque nous repoussons avec une dignité antique les millions de la riche Amérique, il faut nous décider à en gagner d'autres par nos spéculations miraculeuses.

— Soit ! Nous allons débuter (je pense) en soignant, comme Figaro, les bêtes malades.

— Oui, mais nous ne nous arrêterons pas en si beau chemin. J'ai du nouveau sur la planche..... Quelque chose d'assez coquet.

— Quoi ?

— J'ai découvert le secret de faire repousser les cheveux.

— Tu te fiches de moi !

— Je ne me permettrais pas ça, mon petit.

— Depuis que les charlatans...

— Prendrais-tu ton vieil Hercule pour un charlatan ?

— Non, mais je serais curieux de savoir comment tu as réussi.....

— Par hasard, enfant ! Par l'effet de ce vieux

hasard qui est le Dieu véritable des chimistes aussi bien que des policiers.

— Mais encore ?

— Voici... Un soir, après dîner, j'allume ma pipe et je m'aperçois en fumant que je n'ai pas la plus imperceptible envie de travailler. Je rêvasse à n'importe quoi. Ma pipe s'éteint. Le chien Kiki ronflait, comme ce soir, dans sa corbeille, au pied de la cheminée. N'osant me permettre de le réveiller, ne sachant comment tuer le temps, je fouille un ballot de vieux livres achetés quelques jours plus tôt dans une noire bouquinerie de la rue Guénégaud et je déniche dans le tas un vieux recueil de médecine où je découvre, en feuilletant.... Quoi?.... une recette révélant le moyen de faire repousser les cheveux. Plus de têtes chauves, *caro mio* !

— Vous avez bu trop de bourgogne, marquis !

— Non, jeune diffamateur, je n'ai pas assez bu de Corton ce soir pour battre les fertiles campagnes... Sache plutôt, te dis-je, que nos princes de la Science, Bouillet en tête, ont témérairement affirmé que la calvitie était incurable, et cela pour la raison primordiale et un peu *moularde* qu'ils n'avaient pas été fichus de la guérir. Or, l'auteur de l'ouvrage acheté par moi à la bouquinerie de la rue Guénégaud, un certain Claude Martinot, médecin de son état, établit, lui, que la calvitie est facilement guérissable, jusqu'à l'âge de soixante ans au maximum, chez des sujets sains et de bonne constitution. L'ingéniosité de sa démonstration m'ayant à peu près convaincu, j'ai étudié sa méthode et j'ai fabriqué, selon sa formule, son produit que j'ai consciencieusement expérimenté. Par Hercule que je suis, m'entends-tu bien, Roro ? je m'engagerais à faire pousser des cheveux sur un marbre de cheminée avec la lotion de Claude Martinot. Oui, sur un marbre !

— A quelle époque se produisit cette surprenante invention ? demanda le baron.

— Ça date de Louis XIII. Le bouquin est de 1617.

— Admets-tu qu'une invention aussi relativement récente ait pu disparaître sans laisser de trace ?

— Oui, j'admets cela. Et sans la moindre hésitation ! Ce Claude Marlinot avait une âme de
vrai savant, l'imbécile ! Dans un avant-propos
inspiré de la plus exquise bonté, le brave méde.
cin déclare qu'il n'a composé son ouvrage que
dans le but de se rendre utile à ses semblables
accablés d'infirmités et de maux. Des intentions
aussi généreuses ne suffisent-elles pas ample-
ment à nous expliquer son manque absolu de
notoriété ? Ajoute à cela que notre pauvre inventeur connut la guigne la plus noire... Sous les
règnes de Louis XIII et du Roi-Soleil, le métier
voulait déjà ça ! Quand le malencontreux Martinot arriva avec son fameux remède à la calvitie, les gens de qualité, les magistrats, les
bourgeois bourgeoisant, voire les apothicaires,
portaient perruque.

— Et Capus parle de la veine !

— Je suis sûr de l'efficacité de mon élixir
contre la maladie des chiens. Je suis non moins
sûr des vertus mirifiques de la lotion de feu
Claude Martinot. Positivement, nous avons entre
les mains deux trésors. Reste à les mettre en

10

valeur.... Non, tu ne peux cuber, mon vieux
« Roro », le tas de bonheur dont je jouis en ce
moment.

— Tu es si heureux que cela !

— Je te crois.... Nous allons devenir dro-
guistes ! Notre nouvelle carrière ne caractérise-
t-elle pas mieux que tout la société moderne et
l'illogisme de son prétendu esprit scientifique ?
Nos ancêtres avaient, de père en fils, servi l'Etat
ou le Roi, si tu préfères. L'aristocratie formait une
phalange d'hommes préparés à devenir des soldats, des administrateurs, des juges ou des ecclé-
siastiques. Le souverain n'avait qu'à choisir dans
cette riche pépinière avec discernement. Assu-
mant toute responsabilité, son intérêt réel l'invi-
tait à bien faire. C'est là l'avantage et l'écueil de
la monarchie. Tant vaut le prince, tant vaut le régime. Quand un Parlement se compose en majorité d'imbéciles, on se groupe, on se sous-groupe
pour accumuler les sottises. Au lieu d'en commettre comme un seul roi, on en commet comme
tout un peuple, avec d'autant plus d'ivresse (et
en grande largeur !) que personne, en fait, n'est

virtuellement responsable. C'est le pays qui en-
dosse les fautes et qui remplace de ses deniers
les pots cassés. O jeune citoyen qui n'y as jamais songé, toutes les formes de gouvernement
se valent et l'étiquette n'altère ni n'améliore la
liqueur. Non, le mérite théorique des gouverne-
ments n'existe pas en propre ! Leur fortune dé-
pend des incapables, des fous ou des hommes de
génie au pouvoir et, par-dessus tout, des circonstances. Mais laissons cela et veuille bien m'apprendre, « Roro », ce qu'est la noblesse, sinon
une sélection ? Et qu'est-ce que la sélection, sinon l'un des moyens les plus précieux et les
moins trompeurs de la méthode scientifique,
outil et arme du Progrès au dire modeste des savants. On sélectionne les chevaux de courses
parce qu'il est archi-prouvé que l'on s'assure de
grosses chances de triompher sur les hippo-
dromes avec des produits issus d'une poulinière
insigne et d'un glorieux étalon, parents illustres,
ancêtres mémorables aux Annales sportives, qui
remportèrent autant de victoires, sur les champs
de courses, que, sur les champs de bataille, un

Turenne ou un Vendôme. La noblesse chevaline, mon ami ! la noblesse de haras est au pinacle et donne de mirifiques dividendes. Hélas ! ô pauvres nous ! ce qui est vrai pour les pur-sang, le bétail et les semences, cesse de l'être pour les humains. M. Edmond Blanc paiera au poids de l'or un étalon, on l'admirera. Les Vilmorin se sont fait une réputation incontestée en se procurant dans le monde entier des graines, des plants, des boutures, des tubercules et des bulbes de premier choix. Eh bien sache, vieux Roger, que ce qui est incontestable et reconnu en matière d'agriculture, pour un oignon, et d'élevage, pour une pouliche, devient faux en sociologie et en politique. Un homme racé n'est bon à rien... C'est un réactionnaire, un suspect ou un gâteux. On va jusqu'à dire : un dégénéré ! Tâte mes biceps, mon petit ! mensure mon crâne de marquis et dis-moi si je dégénère... Je veux bien me soumettre à toutes les investigations de M. Bertillon. Pourtant, c'est pour cet ensemble d'admirables raisons que tu as été un oisif, que mon frère Marc gère des rhumeries et que je serais un chimiste sans ouvrage et sans pain, si la fortune acquise par mes ancêtres, accrue par mon frère, ne me mettait pas à l'abri de l'indigence et des exploiteurs.

— Vous n'avez à vous plaindre ni ton frère, ni toi.

— Je ne me plains pas, garçon ! Nos maîtres actuels nous ont relevés d'un service obligatoire et à vie qui nous était imposé par la monarchie. Et c'est toujours rude de servir ! Rappelle-toi plutôt la superbe étude de l'amiral Collingwood par Alfred de Vigny. Mais nos pères servaient le roi et la France et en avaient pris, avec l'habitude, le goût, car l'homme s'accoutume aussi aisément au sublime qu'à l'abjection. Affaire d'époque, de mœurs et d'éducation ! Le Roi parlait. Sa noblesse obéissait sans discuter. La démocratie, si dépensière et si parcimonieuse à la fois, n'a plus de tels serviteurs, à part certaines et brillantes exceptions, d'autant plus méritoires qu'elles sont plus rares. Elle a des employés, des tâcherons, qui marchandent leur temps, leur peine, qui ergotent, qui se syndiquent, qui me-

nacent, qui invoquent leurs droits et se taisent
sur leurs devoirs. Et ces gens-là sont logiques avec
eux-mêmes, comme avec leurs représentants.
Ils suivent, ce faisant, l'exemple venu de haut :
l'exemple des parlementaires qui augmentent
leur indemnité parce qu'ils ont rendu l'existence
trop chère et trop difficile aux contribuables. Au
lieu d'employer la classe dressée par éducation
à gouverner et d'organiser l'union de tous pour
la grandeur de la Patrie, cette démocratie égoïste,
jalouse, poltronne et rapace, cherche par
tous les moyens dont elle dispose à pratiquer l'os-
tracisme en s'appuyant sur le concours de no-
vices et d'ignorants qui n'ont que très rarement
conscience de leur rôle et de leurs responsabilités. Des gaillards de cet acabit sont autrement
dangereux que nous. On le verra bien un jour !
Et je serais des premiers à en rire, si mon pays
ne devait pas payer les frais de cette absurde
aventure. En attendant, puisque le nombre est
contre nous, il ne nous reste qu'à travailler et à
faire de notre mieux nos propres affaires, tant que
nous serons jugés incapables et indignes de nous

occuper de celles de la France. Veux-tu *turbi-ner*? Es-tu prêt à me suivre? Puis-je compter sur toi?

—Absolument, si je suis capable de te servir à quelque chose.

—C'est conclu, enfant. Demain, nous mettons la main à la pâte.

XI

LE PREMIER TRAVAIL D'HERCULE

> Le général de Moranges n'était pas un
> de ces hommes ordinaires qui, après
> avoir affronté le feu des batailles,
> s'en vont paisiblement, retirés au
> fond d'un château, tonrner le fuseau
> ux pieds d'une Omphale de sous-pré-
> fecture.
>
> CHARLES MONSELET.

M. de La Verdinière avait décidé de lancer
d'abord la « Tisane des Toutous », son fameux
remède à la maladie des chiens.

Il cherchait encore pour la lotion de Claude
Martinot un nom à succès et un parfum qui en
rendît l'emploi agréable.

Tout en y songeant, Hercule dirigeait les efforts et l'activité du baron Roger.

M. de Saint-Lorand s'effara de la complexité d'une affaire aussi simple en apparence que de débiter et de fabriquer un élixir de santé à l'usage de la race canine.

Il admirait la prodigieuse activité de son ami, sa patience et son ingéniosité. Le savant s'ab.is-sait aux plus infimes détails avec une angélique et inépuisable belle humeur. Rien ne le rebutait. Il étudiait la forme des flacons destinés à conte-nir le bienfaisant liquide, le mode de bouchage, les couleurs de la vignette, la disposition typo-graphique des étiquettes. Ayant à recevoir un peuple d'annonciers, de courtiers, de placiers (les uns qui étaient des messieurs superbes et les autres qui étaient de fort pauvres bougres) M. de La Verdinière habituait Roger à négocier, le mettant en garde contre les ruses d'hommes aiguillonnés par la misère ou l'espérance d'un gros gain.

Le marquis acceptait ruses et mensonges avec sa sérénité coutumière, plutôt enclin à plaindre qu'à blâmer les sans-le-sou qui s'appliquaient à le rouler, tout disposé à rire, même s'il en coû-

tait à sa caisse, d'un truc réussi ou d'un adroit
boniment.

Roger avait vécu d'une façon trop particulière
pour partager cet optimisme. Il retrouvait à
Courbevoie, au fond de cette vieille maison délabrée, entourée d'un vieux parc aux verdures
étiolées, aux maigres arbres squelettiques chargés de gui, le spectacle qu'il avait contemplé
d'un si triste regard sous la porte d'entrée de la
maison de Maître Bazochay, son notaire. Mêmes
visages creux et ravagés ! Mêmes dos courbés,
moins par l'âge que par le découragement !

Oh ! cette chasse à l'argent ! Cette conquête
quotidienne du pain au prix de tant d'efforts, de
tant de démarches, de tant de fatigues !

Etait-ce donc la fin pour laquelle Dieu avait
mis les hommes sur la terre et leur avait donné
un cœur et une intelligence ?

Hélas, les affaires n'étaient décidément pas
son affaire !

« Roro » ne restait sur la brèche que pour re-
mercier Hercule de sa chaude amitié et de son
dévouement. Autrement, il aurait lâché pied

pour se retirer au fond de quelque campagne perdue, dans la plus modeste bicoque.

A son dégoût du métier de droguiste s'ajoutait l'étrangeté de sa nouvelle vie côte à côte avec un singulier personnage, tantôt débordant de joie, tantôt emporté jusqu'à la fureur.

Le marquis était trop violent, trop vibrant pour son âme douce accoutumée à tous les égards et devenue presque féminine dans la constante fréquentation des femmes.

La consolante intimité de tante Elise lui faisait défaut.

Quelle différence entre l'exquis salon de la rue de l'Université et ce poudreux laboratoire de Courbevoie où se démenait un colosse à barbe blonde qni vivait de chiffres, d'analyses, de réalités et qui narguait ou niait ce qui était, aux yeux du pauvre Roger, l'attrait et le charme de la vie.

M. de La Verdinière ne se sentait à l'aise qu'auprès de ses instruments et de ses livres ; M. de Saint-Lorand endurait la torture d'un homme cloîtré dans un couvent sans avoir la vocation monastique.

L'amitié du marquis, impérieuse et ardente, lui faisait regretter plus amèrement celle de la belle Lilian qui s'intéressait à ses efforts, le remontait au retour de ses tentatives avortées, tandis que le rude chimiste ne savait le réconforter qu'en disant son fait à une société qui avait le malheur de lui déplaire.

Les sarcasmes et les diatribes de l'excellent Hercule ne remplaçaient ni les chères prévenances de Lilian ni la bonté, si avisée, de tante Elise. « Roro » souffrait réellement et, sous l'effet de la souffrance trop prolongée, son énergie diminuait dans la vulgarité d'occupations rebutantes.

Le marquis avait bravement accepté les nécessités de l'existence moderne, tout en les jugeant intolérables. La délicatesse de Roger se heurtait douloureusement à ces rudesses, à ces grossièretés. Il retournait à son passé, à sa délicieuse jeunesse... Il les revoyait, comme un soldat mortellement blessé voit passer, devant ses yeux voilés, le clocher de son village et la salle basse de la chaumière familiale.

Une lutte intérieure, confuse et obscure, se déroulait en cette âme de franc gentilhomme troublée par les récents exemples dont elle avait été environnée et par des idées professées ou admises à peu près partout, idées qui déroutaient son entente et sa compréhension de l'honneur.

Ce jeune homme épris de beauté et d'élégance, par instinct autant que par éducation, ce jeune homme n'avait pas le préjugé, mais la religion et le dandysme de la noblesse. Et cela, sans vanité, sans affectation, avec la largeur d'esprit nécessaire pour comprendre qu'un noble n'est qu'un homme comme les autres hommes, mais que son blason l'oblige à des devoirs auxquels une élite seule est capable de se soumettre.

Cette élévation des sentiments, cette magnanimité qui provoque les belles actions par le mépris de l'intérêt personnel, il les avait rencontrées ailleurs, sans doute avec quelque surprise. C'est qu'il y a chez tous les peuples, au-dessus de la masse qui n'agit et ne peine que pour se procurer la plus grosse somme de satisfaction ou s'assurer la paix des vieux jours, des individus de mentalité supérieure qui se guident sur l'idéal comme les Mages sur l'étoile qui les conduisit à Bethléem. Jusqu'alors, M. de Saint-Lorand n'avait admis que la noblesse des sentiments et des actes. A présent, témoin de la puissance de la richesse, tantôt troublé par des tentations trop séduisantes, tantôt écœuré d'un insurmontable dégoût, ce loyal garçon hésitait. Il oubliait en partie que Lilian l'avait distingué précisément à cause des chères choses du passé dont il avait pieusement conservé la tradition. Dilemme étrange! L'Américaine l'aimait pour des raisons qui rendaient toute union impossible entre eux. Ils s'aimaient et, pour s'aimer, ils devaient se mettre en contradiction avec eux-mêmes ou ne vivre l'un pour l'autre qu'intellectuellement, c'est-à-dire en opposition formelle à toutes les lois de l'Amour, de la Nature et de l'Humanité.

Hercule de La Verdinière se rendait exactement compte de l'absurdité et du paradoxe de cette situation.

« Tout ceci est peut-être superbe ou adorablement romanesque, se disait-il, mais c'est idiot ! Mistress Stawett est une brave femme. Mon pauvre Roger est un brave garçon. Je mettrai bon ordre à leurs affaires et j'assurerai leur bon-heur contre leur volonté même, puisque ces êtres inconcevables font encore à l'Amour l'honneur de croire en lui.

« En d'autres temps, Roger aurait pu briller dans certains milieux ou faire un charmant sol-dat. Il est aussi propre à la lutte pour la vie que je le serais à conduire un cotillon.

« Ne faisons qu'un homme heureux de ce gar-çon qui n'est pas bon à autre chose dans le siècle du Machinisme, du Doit et Avoir et des Comptes-Courants. »

XII

UNE OPÉRATION DALILÉENNE

> Le monde endort les chagrins,
> mais il ne les guérit pas.
>
> MASSILLON.

Quelques semaines se sont écoulées dans la fièvre de travail du lancement de la « Tisane des Toutous ».

« M'sieur Hercule », plus matinal que de coutume, s'est levé avec l'aurore.

Toute cette matinée, le bon géant se promène dans son laboratoire et dans la grande cour plantée de vieux ormes rabougris. Kiki, le griffon écossais, jappe, saute aux jambes de son maître, mord à belles petites dents le bas du

11*

pantalon de M. de La Verdinière et tire sur
l'étoffe, impérieusement, par légères saccades.
Peine inutile ! Le maître bien aimé demeure insensible à ces gentillesses. Il chante, le marquis.
Il siffle. Il se frotte les mains. Il est content et il
est gai. Content comme un homme heureux de
vivre. Gai comme un auteur dramatique occupé
à discuter le menu de son souper de trois cen-
tième.

La table est dressée dans un coin du laboratoire, près d'une large baie vitrée. La coquetterie du couvert contraste avec la simplicité spar-
tiate qui est la règle de la maison.

— Serait-ce ta fête ou la mienne ? demande
Roger à la vue de ce faste insolite.

— C'est notre fête à tous deux, petit, répond
l'inventeur. Oui, nous fêtons le succès de nos
affaires qui prennent une tournure de plus en
plus rassurante. Nous allons prouver prochai-
nement au monde du commerce et des affaires
que des barons et des marquis taillés sur notre
beau patron peuvent égaler, et même distancer,
tous ces fameux bonshommes arrivés à Paris

avec leurs gros sabots pour y faire fortune.

— Et après que nous aurons fait fortune, qu'adviendra-t-il de plus ? soupire le baron.

— Tu seras maître de ta destinée. Tu arrangeras ton bonheur à ton idée....

— Si j'en étais là, je te le jure ! je ne saurais plus comment m'y prendre.

— Je te donnerai des conseils. En attendant, nos flacons de la « Tisane des Toutous » s'enlèvent comme les petits pâtés et les aéroplanes. Il va falloir créer des magasins, agrandir les ateliers de fabrication et les hangars d'emballage, tellement le public s'emballe lui-même sur notre élixir. Ah ! si les hommes étaient bons pour leurs semblables comme ils sont bons pour les chiens, quelle joie de vivre ! La magistrature n'aurait qu'à prêter à l'Agriculture, qui en manque, ses bras inoccupés. On ne connaîtrait ni crimes, ni délits, ni litiges. En vérité, le législateur qui a inventé l'impôt sur les chiens connaissait aussi bien que Molière, et mieux que Mazarin, le cœur de l'homme et du contribuable. Cet impôt, on le paiera toujours sans

ronchonner. Non, quand on voit de quelles tendresses et de quels soins passionnés un Loulou
de Poméranie ou un fox-terrier sont entourés, il
n'y a plus qu'à s'incliner devant la supériorité
de leur intelligence et de leur mérite sur les
nôtres. N'est-ce pas, Kiki? interroge M. de La
Verdinière en regardant son petit chien.

Le griffon était assis sur son derrière. A la
question qu'on lui pose, il pourlèche ses lèvres
gourmandes de la pointe de sa mignonne
langue qui ressemble à un bout de chiffon de
taffetas rose. A demi cachés sous les mèches
retombantes de sa soyeuse toison beige, les
yeux de la charmante petite bête, tout ronds,
du même noir carminé que les grains du cassis,
contemplent « M'sieur Hercule » avec une sorte
d'attendrissement. Puis le minuscule animal
aboie par deux fois, en manière d'approbation,
tandis que sa queue, heureuse et frétillante, ba-
laye légèrement le sol de l'atelier.

— Kiki m'approuve, affirme « M'sieur Hercule », et pourtant cet intelligent petit être
ignore indubitablement que les bénéfices de la

vente de notre drogue s'élèveront pour ce premier mois à la somme de 25,000 francs. Après un pareil élan du pulic sur un produit qui agit réellement, rapidement, nous sommes sûrs et certains de dépasser largement, de doubler bientôt et même de tripler ce chiffre. Que sera-ce quand nous aurons lancé notre seconde affaire !

Et, ce disant, « M'sieur Hercule » tire du fond d'une de ses poches une épreuve d'imprimerie, une longue bande de papier de la largeur d'une page de journal, d'où les mots suivants se détachent en énormes caractères :

UN MONSIEUR
VIENT DE TROUVER LE SECRET...

— Qu'est-ce à dire ? demande Roger.

— Garçon, tu es en ce moment dans une période de dépression. Il serait imbécile d'essayer de te faire réagir et plus barbare encore de t'imposer des tâches qui ne t'inspirent à cette

heure que la répugnance la plus franche. Tout
ce que je puis t'expliquer c'est que j'ai travaillé
sans toi. Nous sommes prêts.

— Si tu ne me fais pas travailler, je serai
obligé de te donner ma démission d'associé.

— Ça tombe à pic !..... J'allais avoir absolument besoin de tout « ton toi » ! Mais tu manges
à peine, malheureux ! Aurais-tu perdu l'appétit ?

— Presque....

— Et tu as la mine d'un homme épuisé !

— Je dors si mal !

— Pourquoi ne m'avoir pas consulté ? Je vais
te rendre ton sommeil d'enfant.

— Me délivreras-tu en même temps de mes
soucis ?

— Oui, tant que mon remède produira son
effet, beaucoup plus sûr que celui d'un *qui-
proquo* ou de l'apparition d'un monsieur en
bonnet de nuit et en caleçon dans un vaudeville.
Tout à l'heure, après le café, nous allons commencer la cure.

— Avec joie !

— Tu n'es malade que de l'âme. A ton âge, ça n'a pas d'importance.

— Hercule !

— Non, petiot ! A ton âge, je le répète, on souffre plus ou moins, selon la délicatese de sa propre sensibilité, mais on ne meurt pas.

— Quel mépris tu as du cœur humain !

— Le cœur humain n'est qu'une bête, « Roro ».

— Mon cœur serait donc bête à ton jugement ?

— Si tu trouves quelque plaisir ou quelque utilité à converser sur des généralités, garde-toi comme du feu ou des autobus de toute personnalité. Je t'ai promis de guérir tous tes maux si tu te laissais soigner. Consens-tu ?

— Je me livre entièrement à toi.

— Parfait ! Te voici déjà sauvé à moitié.

Les tasses à café étaient vides. M. de La Verdinière se leva, ouvrit une vitrine, en tira plusieurs flacons, des compte-gouttes, un verre gradué et combina avec le soin le plus attentif un breuvage composé d'un mélange savamment dosé.

— Bois ce philtre magique qui n'est qu'un

simple médicament, commanda le marquis. Avant de te rendre le bonheur, il te rendra le calme et la sécurité.

Le baron vida d'un trait le verre qui lui était présenté.

Quelques instants plus tard, il s'endormait sur un vieux divan.

M. de La Verdinière fixa un regard perçant sur son ami, haussa ses larges épaules, sourit d'un air de tendre pitié, puis se dirigea vers une des portes du laboratoire.

— Clairon! appela-t-il.

Sa voix de stentor retentit jusqu'au fond du long couloir.

Un petit homme leste, trapu et vigoureux, aux cheveux de négrillon, le menton entoisonné d'une courte barbiche, les yeux noirs, le regard brillant, accourut à l'appel du marquis.

— Es-tu prêt, Clairon? As-tu tes outils?

— Oui, « M'sieur Hercule ».

— Je vais flamber tout cela.

— Flambez, si ça vous chante. Mais mon

« fourbi » est astiqué comme s'il sortait de la boutique du coutelier.

Clairon n'avait pas menti. M. de La Verdinière n'en procéda pas moins à l'opération annoncée. Ses préparatifs achevés, il rendit à cet homme ses instruments de travail en se bornant à lui dire :

— Tu sais ce que je t'ai demandé. Fais vite !

Armé d'un peigne et de ses ciseaux de coiffeur, Clairon tondit avec autant d'habileté que de célérité le dessus du crâne de « Roro » toujours endormi. Puis, comme il ne s'agissait nullement d'accommoder la chevelure du baron à la mode des « Enfants d'Edouard », l'adroit artiste capillaire couvrit de savon le sommet de la tête de son involontaire client et le rasa avec le soin et la minutie d'un barbier turc.

Dès que Clairon eut achevé sa tâche, M. de La Verdinière constata à son entière satisfaction que le crâne de M. de Saint-Lorand luisait comme la glace du miroir le plus clair et était aussi lisse qu'une bille de billard magistralement polie.

12

— Tu es un « merlan » de premir ordre, Clairon, déclara « M'sieur Hercule ». Si tu restes un mois sans te battre et sans voler des poules, si tu te déshabitues de parler l'argot des voleurs et si tu épouses « La Fauvette », puisque tu ne peux te passer d'elle, je t'établirai. En attendant, je t'avais promis vingt francs, en voici quarante.

— M'sieur le Marquis, c'est trop. J'veux bien gagner mon argent. J'veux pas *la* voler....

— Garde tout sans remords. Avec cet argent, tu pourras acheter tes poulets chez les marchands de volailles au lieu de te fournir dans les poulaillers de petits employés et de petits rentiers qui n'ont pas beaucoup plus de facilité à vivre que toi.

— Vous êtes donc bon pour tout le monde, vous ?

— Ce n'est pas de la bonté. C'est simplement de la justice. Tu dois respecter la propriété d'autrui.

— Vous ne savez pas comme la propriété d'autrui est peu respectable, « M'sieur Her-

cule », quand on n'est pas propriétaire. Les
soirs où on a faim, quand l'on a été obligé
d'oublier de déjeuner, on a une vraie envie de
souper d'un bon lapineau que l'on sait de l'autre
côté d'un mur ou d'un tout petit treillage... Ah,
pourquoi sont-ils si bas que ça, leurs petits
treillages? La faim, « M'sieur Hercule », la
faim, voyez-vous, c'est si horrible que, quand
on ne peut pas *choper* un lapin ou une poule, on
se contente du premier matou venu.... J'en ai
briffé qu'étaient durs..... durs comme le malheur ou l'existence !

— Reprends courage. Tu connais très bien
ton métier. Seulement, tu ne connais pas assez
les femmes....

— Moi, « M'sieur Hercule », je ne connais
pas les femmes !

— Je ne veux pas dire que tu ne les aies pas
suffisamment pratiquées, non ! Mais je constate
que, pour un garçon qui n'est pas bête, tu de-
viens stupide à la seule vue d'une jolie bouche
et d'un joli nez. Que diable ! tu es un brave
homme et un homme brave, Clairon ! Quand tu

étais aux zouaves, tu as été porté deux fois à l'ordre du jour et tu as été proposé pour la médaille militaire..... avant tes bêtises.

Clairon blêmit.

— Monsieur le Marquis connaît ma vie ? demanda-t-il atterré.

— Je la connais.

— Et monsieur le Marquis ne méprise pas une ignoble crapule de mon espèce !

— Pas encore.

— Bon Dieu de bon Dieu, qu'est-ce qu'il vous faudrait de plus ?

— Je n'ai pas encore songé à ça, et ma journée n'est pas finie.

— Compris..... Je m'trotte ! Seulement, permettez-moi d'ajouter un petit mot.

— Va vite ! Je n'ai plus un moment à perdre.

L'ancien zouave prit l'air imbécilement prétentieux d'un lascar qui veut faire le malin.

Les yeux lui sortaient de la tête.

— Eh bin, « M'sieur Hercule », je tiens à vous dire que je s'rais capable de tuer quelqu'un ou même..... ou même d'aller à la messe, si ça pouvait vous faire plaisir.....

— Tu es fou, Clairon ! Je n'ai jamais eu l'idée de t'envoyer à la messe — ce qui vaudrait peut-être pourtant mieux pour toi que d'aller où tu vas, — et j'ai encore moins envie de te prier de tuer quelqu'un à ma santé.

— Alors, c'particulier qui a déjà l'air à moitié « refroidi », demanda l'Apache, en désignant M. de Saint-Lorand plongé dans un sommeil qui semblait en effet être la préface de la mort, il n'est pas là pour... On croirait qu'il est commencé....

— Je te remercie de ton extrême obligeance, fit M. de La Verdinière qui sut garder tout son calme, mais, je te le répète, je n'ai encore assassiné personne et je n'ai pas envie de commencer aujourd'hui.

Clairon s'envoya un grand coup de poing dans la poitrine.

— Excusez! Moi non plus, je n'ai jamais tué..... Il n'y a que pour vous que.....

— Tu me gâtes trop, mon gars..... Le mon-

12*

sieur que tu vois sur ce divan est mon meilleur ami. Il est malade et je vais tâcher de le guérir.

— Est-il dangereusement malade ?

— Très.

— Qu'est-ce qu'il a, ce pauvre ?

— Il est amoureux.

— Malheur ! gronda l'ancien zouave, c'est vrai que vous m'épatez du matin au soir... tout de même, si vous réussissiez à guérir ce bonhomme de la machine qu'il a au cœur, je croirais que vous êtes le bon Dieu.

— Tâche d'être le bon diable et f...-moi le camp, bavard ! ordonna M. de La Verdinière en le prenant par les épaules et en le poussant dehors.

Demeuré seul, le marquis examina attentivement le dormeur, consulta le cadran d'une vieille horloge lorraine et disposa sur la tête de ce chauve improvisé la légère étoffe d'un foulard qui la recouvrit entièrement.

« Dans un quart d'heure, calcula-t-il, Mistress Stawell sera ici. »

XIII

COUP MANQUÉ

> Le nez de Cléopâtre : s'il eût été plus
> court, la face de la terre aurait
> changé.
>
> PASCAL.

Roger articula difficilement des paroles sans suite et esquissa quelques gestes inconscients.

Il s'éveilla enfin, se dressa sur son séant, rejeta le foulard posé sur sa tête et promena autour de lui des regards égarés.

— As-tu fait un bon somme, petit ? lui demanda paternellement le marquis.

— Oui, Hercule. Et des rêves !... Des rêves délicieux !

— Te sens-tu parfaitement lucide ?

— Très lucide.

— Tout à fait à ton aise ?

— Tout à fait. J'éprouve simplement une légère fraîcheur au crâne...

— Veux-tu te lever ?

— Volontiers.

— Tu vas comprendre maintenant pourquoi
ton crâne ressent cette fraîcheur dont tu te
plains. Tu es chauve.....

— Moi, chauve ?

— Regarde-toi ! ordonna le marquis en conduisant « Roro » en face de la cheminée, devant
une glace.

— Ah ! s'exclama le jeune homme avec
horreur en passant sa main sur son crâne
nu.

— Ne t'émotionne pas, mon petit enfant ! Cette
calvitie est factice et momentanée. Tes cheveux
repousseront dès que je le jugerai nécessaire.

— Quant à çà, mon gros, n'y compte pas.
J'en ai déjà assez de la mauvaise plaisanterie.
Je ne veux pas être chauve...

— Il faut que tu y consentes pour quelques

· jours. Ton bonheur et notre fortune en dépen-
dent.

Dans le même moment, une superbe et puis-
sante limousine stoppait devant la grille de la
demeure délabrée du marquis.

Mistress Stawett en descendit.

Hercule recoucha son ami, presque de force,
dans la position que, tout à l'heure, celui-ci
occupait sur le divan et lui replaça vivement le
foulard sur la tête.

« Roro » avait bien essayé de se débattre,
mais il n'était pas le plus fort.

— Ne bouge plus, animal! lui commanda le
savant, et fais le mort — même si tu avais envie
d'éternuer !

M. de La Verdinière n'eut que le temps de
recevoir Mistress Stawett.

— Oui, Madame, déclara-t-il à la visiteuse,
après l'avoir introduite dans son vaste caphar-
naüm, oui, un chagrin mortel a mis en péril la
vie de notre pauvre Roger.

— M. « Rodger » est en péril?

— Vous pouvez seule le sauver.

— Je puis seule le sauver... Moi ?

— La meilleure preuve de ce que j'avance est l'empressement avec lequel vous êtes venue ici. M. de Saint-Lorand est entre la vie et la mort.

— Que dites-vous, Monsieur ?

— Vous allez le trouver bien changé... Il avait supporté stoïquement la ruine. Certes, son caractère si aimable et si gai s'était légèrement assombri à la suite des difficultés qu'il ne put vaincre pour se créer une situation modeste, mais digne de lui....

— Cela, je le sais, reconnut l'Américaine. Il a fait l'impossible..... N'a-t-il pas voulu s'établir à Madagascar ?

— On lutte contre la vie, observa sentencieusement M. de La Verdinière qui s'amusait effrontément en son for intérieur. On ne lutte pas contre l'Amour... Surtout contre un amour que l'on sait ou que l'on juge irréalisable. Surtout quand cet amour est partagé par deux êtres si nobles et si jaloux de leur honneur qu'ils obéissent à d'absurdes scrupules au lieu de se plier humblement, humainement, à la plus

sainte loi du cœur... Quand vous aurez constaté de vos propres yeux les ravages qu'une
ardente passion....

Lilian avait d'abord écouté les paroles de
M. de La Verdinière avec une joie attendrie. Ses
yeux heureux brillaient d'un magnifique éclat.
Ses paupières aux longs cils s'étaient perlées de
douces larmes qui accusaient son bonheur. Les
dernières paroles du marquis la glacèrent
d'effroi.

— Monsieur ! Monsieur ! déclara-t-elle, il faut
d'abord sauver « Rodger » !

Le baron avait supporté avec peine, jusque-là,
ce dialogue dont il n'avait pas perdu une
syllabe.

A ces derniers mots de l'Américaine, son in-
dignation et sa fureur débordèrent.

Il rejeta le foulard qui lui couvrait la tête et
se précipita vers Hercule et Lilian en leur
criant :

— Cette comédie est abominable. Je ne tolé-
rerai pas que.....

A la vue de ce « Roro » furieux, de ce charmant « Roro » dont le visage était si drôlement transformé par cette foudroyante et inexplicable calvitie, Mistress Stawett ne put s'empêcher de pouffer de rire.

Rire impérieux, rire nerveux, contre lequel sa volonté avait perdu tout pouvoir !

M. de La Verdinière essaya de calmer la jeune femme. Il n'y réussit pas.

— Ah que vous êtes drôle, monsieur « Rodger » ! Que vous êtes comique et horrible ! s'esclaffait-elle.

Et son rire fusait, plus fou, plus nerveux, plus saccadé.

Le marquis tenta de protester.

— Non, non, Monsieur. Pas d'explication ! Cette plaisanterie est burlesque. Je ne vous en fais pas mon compliment.

En même temps, Mistress Stawett ramassait de sa main gauche les plis de sa jupe, gagnait la porte, traversait la cour à grands pas et remontait vivement dans son automobile en jetant laconiquement cet ordre à son chauffeur :

— Au « Jefferson » !

Hercule était resté sur place, la tête basse, les pieds cloués au sol.

« Roro » s'était déjà repris.

Les poings sur les hanches, il regardait en ricanant son ami d'enfance.

— C'est ça le bonheur? C'est ça la fortune? demanda-t-il. Crois-tu vraiment qu'il suffise à la joie de mon cœur et à ma situation financière d'avoir perdu mes pauvres cheveux et fait tordre une jolie femme qui m'aimait et que j'aimais?

— Tes cheveux ne sont pas perdus. Quant à la jolie femme.....

— Je serai ridicule jusque dans l'éternité aux yeux de Lilian.

— Pas du tout! Est-ce qu'une femme a jamais été capable de suivre la même idée plus de huit jours? Et encore! Son éternité, c'est l'espace d'un matin, d'une partie de « golf » ou d'un chapeau que l'on porte une fois à Auteuil ou à une première.

— Un homme de génie peut devenir lugubrement idiot quand il a l'imprudence de se risquer hors de son domaine. Mon vieux, tu t'entends parfaitement à faire tomber les cheveux de dessus la tête de tes contemporains, et tu viens de m'en administrer la preuve magistrale ! mais tu as une fière veine de vouer aux femmes ta haine la plus noire, car tu n'as encore rien compris, à ton âge, à ces créatures de rêve, de charme... ou de caprice. Oh, si tu aimes jamais, fais-moi signe ! Je retiens une loge pour voir ça.

— Moque-toi de moi, tu en as trop le droit, confessa mélancoliquement le marquis. Paye-toi sur la bête, mon enfant.

— Gros lâche, tu me prends par mon faible ! Tu t'offres à mes coups parce que tu es sûr de ne pas les recevoir. Mais, si je n'insiste pas, si je te pardonne, il ne m'est plus possible de rester sous ton toit.

— Jamais je ne te laisserai...

— Je te pardonne. Je te pardonne de grand cœur. Mais comment ne pas me souvenir que tu viens de créer un abîme infranchissable entre Lilian et moi ?

— Un abîme... Un abîme... Tu exagères... Serais-tu de Marseille ou de Tarascon ? En amour (l'ignores-tu ?) les abîmes sont des traits d'union... Tu ne vois pas l'affaire sous son angle réel parce que tu es ruiné... Les gens ruinés sont pessimistes.

— Ils ont de bonnes raisons pour l'être. Et tu n'es pas généreux de me le rappeler.

— Excuse-moi... Je ne cherche pas à te chagriner, mais à t'éclairer sur la situation. Certes, je n'y contredis pas, les gens ruinés ont de fortes raisons pour être pessimistes. Pourtant, même si l'on est ruiné, même si l'on est abandonné de la femme que l'on aime, il faut concevoir qu'il y a un lendemain à tous nos actes, que la défaite engendre la revanche, que les brouilles les plus profondes amènent les plus sincères réconciliations.

— Je ne te savais pas si optimiste !

— Je ne suis pas optimiste, mais je m'attends à n'importe quelle fantaisie, quel qu'en soit l'auteur mystérieux, après avoir assisté tous les jours aux spectacles les plus imprévus et les plus déconcertants. Commence par t'étudier toi-même, et tu en jugeras! Mistress Stawett te déplaisait furieusement. Tu raillais son immuable sourire, cette fermeté, cette décision qui tiennent plus du caractère masculin que du caractère féminin. Et c'est cette Lilian, cette étrangère au ton cassant, au verbe autoritaire, que tu finis, contre la plus élémentaire logique, par élire entre toutes, par aimer, par adorer!

— Il ne me reste de cet amour qu'un détestable souvenir.

— Allons donc! Il se manifeste plus violent, plus opiniâtre... Ah quel amour!

— Ainsi, voici ce que tu trouves à m'offrir pour me consoler!

— A quoi bon se déguiser à soi-même la vérité? Tu t'efforces de t'imaginer que tu n'aimes plus et tu boudes...

— Je n'aime plus... Je ne boude pas... Je hais!

— Très bien! Très juste!

— J'affirme le contraire de ce que tu prétends et tu réponds : « Très bien! Très juste! »

— Oui, « Roro ». Dès l'instant que tu hais, ton amour, je te le répète, n'a jamais été mieux portant ni plus vivace.

— Admettons cela. Je suis hors de moi... Le voudrais-je? non, je ne suis plus en état de m'analyser de sang-froid.

— Je ne te demande rien de plus que cet aveu. Cependant, en y réfléchissant, je me range à ton avis de tout à l'heure. Mieux vaut nous séparer pour travailler utilement. Moi aussi, je prendrai ma revanche. La belle Lilian ne se jouera pas de nous.

— Ne compte pas sur moi pour t'aider. Quand un homme a fait rire une femme d'un tel rire, il n'a plus rien à espérer d'elle. Aussi longtemps que Lilian vivra, elle me reverra dans l'état grotesque où tu m'as mis. Si nous nous rencontrions, par le plus exécrable des hasards, elle me saluerait encore de ce rire frénétique, de ce rire plus fort que sa volonté, de ce rire qui m'a déchiré l'âme et le cœur, de ce rire d'enfer que je n'oublierais pas si je vivais cent ans !

13*

Il entrait une si grande somme de bon sens dans ces dernières paroles de Roger que la belle assurance de M. de La Verdinière s'infléchit. « M'sieur Hercule » ne trouva rien à opposer à un raisonnement aussi judicieux, bien qu'il ne l'approuvât pas jusqu'au bout.

Néanmoins, sa foi profonde en les lois indé-terminées et indéterminables de l'incohérence planait, radieuse, indéfectible, au-dessus des ambitieuses affirmations de la sagesse et des efforts presque toujours vains de la raison.

— L'avenir, reprit-il, nous apprendra plus tôt que tu ne penses lequel est le plus clairvoyant de nous deux. En attendant, j'emploierai à ta re-vanche et à la mienne la connaissance que je pré-tends avoir — quoique tu proclames le contraire, — du cœur si mobile des femmes. L'énorme bévue que je viens de commettre me rend in-digne, jusqu'à plus ample réparation de ta con-fiance...

— Hercule!

— Tu es un ami si délicieux que tu te défends d'une pareille pensée. Elle n'est que trop naturelle ! Elle te domine sans t'en demander la permission. Et il ne peut en aller autrement...

— Je t'assure...

— N'assure rien et essaie moins encore de rien dissimuler entre nous. Notre grande amitié serait amoindrie et viciée si elle ne s'appuyait pas sur une incomparable franchise. Tu ne veux pas me faire de peine. Je t'en remercie. Je n'ose plus, après ce revers, t'exposer mes vues et, moins encore, t'inviter à régler tes actes sur ma conduite. Sans t'indiquer aucun motif, je ne te demande purement et simplement qu'une grâce... Puisque tu es chauve, je te prie de conserver ta calvitie pendant quelques semaines, de l'exhiber partout et de l'élever à la hauteur d'un événement parisien. Tu as disparu de la circulation. Personne ne sait que tu es venu te terrer dans mon antre de Courbevoie. Notre amitié est ignorée du monde où tu fréquentais et où tu vas paraître de nouveau... Qui pourrait soupçonner notre association ?

— Tu me demandes l'impossible, Hercule !

Je soulèverais sur mon passage des rires qui me
rappelleraient...

— Il le faut. Il le faut à tout prix ! Tu as assez
d'esprit pour mettre les rieurs de ton côté et
assez de bravoure pour imposer le respect à la
malveillance. C'est à la bataille que je t'en-
voie !

Une flamme s'alluma dans les yeux de Roger.

La lutte lui convenait mieux, dans l'agitation
et le tumulte de ses pensées, que l'inaction et la
retraite.

Il consentit sans plus de résistance à se con-
former aux instructions de M. de La Verdinière.

— Je t'enverrai tous les jours, pendant
quelques semaines, aux heures que tu choisiras,
le nommé Clairon...

— Qu'est-ce que c'est que cela, le nommé
Clairon ?

— C'est un homme sûr et qui m'est absolument dévoué... Un ancien zouave devenu Apache
par amour... Par amour pour une jeune personne
qui est connue dans nos parages sous le surnom
de « La Fauvette ».

— Tu as un drôle de coiffeur.

— Il vaut les plus réputés... Je ne t'invite pas du reste à te lier avec Clairon, bien qu'il soit des plus fidèles... Il a volé, mais il n'a encore tué personne.

— Le brave homme !

— Pourtant, si j'y avais tenu, tout à l'heure, il t'aurait saigné comme un poulet.

— Et c'est à ce gentil Monsieur que tu prétends livrer ma tête !

— Impossible de la remettre en des mains plus certaines. Son amitié pour moi te garantit de toute mauvaise intention de sa part. De plus, nous pouvons nous fier sans crainte à sa discrétion et à son silence qui nous sont indispensables. Il importe au succès de mon plan que le monde entier ignore que ta superbe calvitie ne peut se prolonger qu'à la condition que ton crâne d'ivoire soit rasé de près tous les jours. Maintenant que tu es informé de ce que j'attends de ton concours rentre chez toi et mène le confortable régime d'un bon *gentleman* exempt de tout souci et sachant ne prendre de la vie que ce qu'elle a d'agréable. Notre caisse est à ta disposition pour cette œuvre nécessaire à l'essor de notre industrie.

Ce langage légèrement emphatique et tellement en dehors des façons du marquis surprit « Roro », mais il avait été secoué par tant d'émotions successives qu'il n'en demanda pas davantage et qu'il se contenta de répondre :

— Tu vas me pousser encore à quelque bêtise, Hercule... Allons-y quand même ! Ça me distraira peut-être...

— T'ennuies-tu à ce point ?

— Je ne m'ennuie pas. Je souffre !

— Pauvre petit ! soupira le savant en attirant son ami sur sa large poitrine, je voudrais pouvoir souffrir à ta place. Sois bon gentilhomme. je t'en supplie, et sois brave ! La volonté de deux têtes comme les nôtres vaut bien celle d'une seule Américaine, si entêtée soit-elle !

— La suite seule nous le démontrera, repartit « Roro » qui pensait connaître le cœur de Lilian autrement mieux que son paradoxal ami.

XIV

LES REGRETS DE MISTRESS STAWETT

> Ah ! plus, amour, tu nous causes de larmes,
> Plus, quand tu fuis, tu causes de regrets.
>
> BÉRANGER

Dès sa sortie de Courbevoie, Mistress Stawett était revenue sur son idée première avant même que son auto fût rentrée dans Paris par la Porte Maillot.

Elle avait commandé à son chauffeur, en remontant en voiture, de la ramener au Jefferson's Hôtel. Elle contremanda cet ordre au bout de quelques minutes de réflexion et se fit conduire d'urgence chez la marquise de Croix-Reigny.

— Tante Elise, ce qui arrive est épouvantable !

s'écria l'Américaine en se retrouvant auprès de sa vieille amie.

Et elle raconta tout d'un trait sa visite à Courbevoie.

La vieille dame hocha gravement la tête, chatouilla l'un de ses bandeaux blancs du bout de son crochet à tricoter, leva les yeux et regarda fixement Mistress Stawett.

— Vous regrettez déjà...

— Peut-être bien.

— Tant pis pour vous.

— Et pourquoi ?

— Si vous vous repentez d'avoir été cruelle, vous reconnaissez que vous avez eu tort de l'être en cette circonstance déplorable.

— Oh, je n'ai pas été cruelle... J'ai ri... J'ai ri follement, je le confesse... Si vous aviez vu « Rodger », ma tante, si vous l'aviez vu, vous auriez ri plus fort que moi !

— Possible !

— Alors je suis excusable, n'est-ce pas ?

—Que vous soyez excusable ou non, ma pauvre enfant, cela n'arrange pas du tout les affaires.

— Votre neveu est si bon, si gentil !

— Rien de plus vrai. S'il ne s'agissait que d'excuser un accès intempestif d'hilarité, très explicable, en somme, je me chargerais d'obtenir votre absolution en règle. « Roro » ne vous tiendrait pas rancune. Pour triompher de son cœur, vous n'auriez guère besoin de mon aide. Mais comment guérir et cicatriser une blessure autrement profonde ? On peut se jouer impunément du cœur d'un homme. On ne se joue pas sans péril de son amour-propre.

— Je m'égare à travers les sen   et les idées de votre pays. Vous nuancez, vous graduez les moindres choses tandis que nous sommes toutes d'un bloc. Cette aventure me semble cependant facilement arrangeable. Et je ne demande qu'à réparer... Les premiers jours de la réconciliation, j'aurai sans doute quelque peine à garder mon sérieux en revoyant « Rodger »... Elle lui va si mal, cette calvitie maudite ! Pourtant, avec l'habitude, je finirais par trouver qu'elle l'embellit et je serais capable de le trouver affreux si ses cheveux s'avisaient de

14

repousser au moment où nous nous y atten-
drions le moins.

— Malgré quelques apparences trompeuses,
toutes les femmes, aussi bien du nouveau
monde que de l'ancien, se ressemblent, sourit la
marquise.

— Autre chose, tante...

— Je vous écoute, Lilian.

— M. de La Verdinière n'aurait-il pas joué
dans cette affaire un rôle... un rôle extraordinaire ? Après que le marquis m'eut débité son
prologue pour m'amener au coup de théâtre
évidemment préparé par lui, « Rodger » entra
dans la colère d'un homme qui n'entend pas
être une minute de plus le complice d'une farce
malhonnête.

— Je tiens M. de La Verdinière pour un très
galant homme. Je le crois également capable
des plus folles extravagances, voire même de
fantaisies du goût le plus détestable, mais je le
considère aussi comme insoupçonnable d'une vi-
laine action.

— La fureur de « Rodger » indiquait tout de

même qu'il désapprouvait la conduite de son ami.

— Comment voulez-vous. ma chère enfant, éclairer de pareilles ténèbres ? Il faut être un hurluberlu de la taille du marquis Hercule pour avoir imaginé de faire tomber les cheveux de ce malheureux « Roro » dans l'espoir de vous apitoyer. Je comprends encore moins par quel sortilège M. de La Verdinière a réussi, sans le consentement du baron, à le métamorphoser de la sorte.

— Pour moi, suggéra Lilian, il l'a certainement endormi avant d'exécuter, sans le consulter, son horrible opération. Autrement...

— M. de La Verdinière exerce sur M. de Saint-Lorand une influence qui touche à la domination. De là à risquer de sa propre autorité une aussi détestable plaisanterie...

— Oh ! ce méchant homme ne reculerait devant rien.

— Il n'est pas si terrible. Le vrai péril, c'est Roger ou, du moins, l'amour-propre de Roger... Rentrez chez vous, mon enfant. Je vais tâcher

de retrouver mon neveu et je le mettrai en
demeure de s'expliquer sur cette comédie
dont le dénouement me paraît heureusement
aussi clair que le reste du scénario est em-
brouillé.

XV

DENT POUR DENT

Pour savoir se venger il faut savoir souffrir.

VOLTAIRE.

Quelques minutes après le départ de Mistress Stawett, M. de Saint-Lorand entrait, le chapeau sur la tête, dans le petit salon de Mme de Croix-Reigny.

— Est-ce la mode de ce matin de se présenter chez les gens, le chapeau sur la tête? demanda la marquise en prenant son air le plus narquois.

— C'est une mode à moi, ma tante, bafouilla-t-il, et vous me pardonnerez mon incorrection dès que vous en aurez connu (il prit un temps)

14*

la cause... La cause ?... La voici, la cause !
expliqua-t-il en se découvrant.

« Roro » avait à peine eu le temps de soulever son chapeau qu'un magnifique éclat de
rire salua l'aride nudité de son crâne. Mais, tandis que le rire de Lilian avait sonné aux oreilles
de l'infortuné garçon comme une raillerie,
comme l'expression d'un sentiment hostile, et
presque comme une injure, le rire de la comtesse tintait si joyeux, si contagieux, que le
jeune homme ne put se défendre d'un pareil
accès de gaîté.

L'hilarité de son neveu aurait rassuré Mme de
Croix-Reigny, si « Roro », se reprenant à la minute, n'était revenu tout droit à la fâcheuse situation.

— Vous voyez, ma tante, l'état grotesque auquel la stupide invention de ce grand imbécile
d'Hercule m'a réduit. Il ne m'a pas précisé
les raisons de sa conduite. Je suppose néanmoins qu'elles sont de deux ordres différents et
qu'il espérait faire d'une pierre deux coups...

— Ou courir deux lièvres à la fois, ce qui est

le meilleur moyen de rentrer chez soi bredouille.

— Hercule a cru émouvoir Mistress Stawett en lui montrant un homme réduit à la calvitie par l'amour et le désespoir. Premier lièvre ! Il a projeté ensuite — second lièvre ! — de se servir de cette calvitie pour lancer un produit de l'invention d'un médecin inconnu qui exerçait son art au xviie siècle.

— Quel est ce fameux produit ?

— Un élixir admirable, ma tante ! Un élixir qui fait repousser infailliblement les cheveux, mais qui a été composé, malheureusement pour son auteur, à l'aurore d'une époque où il n'y avait aucun inconvénient à être chauve parce que tous les hommes portaient perruque. Quant aux femmes, ces menteuses éternelles, vous savez qu'à travers les âges celles qui manquaient le plus de cheveux furent toujours pourvues des plus abondantes toisons, d'or ou d'ébène, selon la tyrannie de la Mode à laquelle elles se soumirent, à travers tous les cycles de l'histoire Universelle, beaucoup plus docilement qu'à l'autorité de leurs maris.

— Horreur ! gémit la tante Elise à demi suffoquée, M. le marquis de La Verdinière se serait-il établi charlatan ? M. de La Verdinière aurait-il voulu se servir du crâne du chef actuel de l'antique famille des Legril de Saint-Lorand comme d'un crâne-affiche, comme d'un crâne-réclame ! Va-t-il t'extorquer aussi ta photographie, avant, pendant et après, avec ta signature en manière de certificat, pour les reproduire toutes les deux dans les journaux au bas de ses prospectus les plus fallacieux ?

— Ne jugez pas aussi rigoureusement mon ami de La Verdinière. C'est un très grand savant. C'est peut-être un génie ! S'il connaît mal les femmes, s'il les charge des plus noirs forfaits, il connaît mieux les hommes et l'esprit de notre époque. Il a très bien compris que l'argent est le *Deux ex machina* de notre histoire contemporaine, des grandes affaires et des grands mariages. Et c'est pourquoi il veut devenir immensément riche pour figurer parmi les ducs et princes dans notre aristocratie financière, tandis qu'il n'est que marquis à l'armorial !

— Quelles mœurs! Quelles idées ! Si vos ancêtres vous entendaient tenir un pareil langage?

— Nos ancêtres nous plaindraient peut-être de
vivre en des temps difficiles et vraiment bascu-
lés, mais ils nous approuveraient sûrement. La
démocratie nous fait la partie aussi laide que
commode... Il est moins aisé d'être un Riche-
lieu ou un Condé que de s'enrichir. C'est cela
que le marquis Hercule veut prouver, car il ne
tient guère à l'argent pour lui-même. Ainsi que
me l'expliquait mon ami, une société bien or-
ganisée ne peut pas se passer d'une aristocratie intelligente et capable, à moins d'être un
attelage sans cocher ou un dirigeable sans
pilote. « La preuve que nous sommes nécessaires et utilisables malgré la haine et
l'envie des Tarquins d'arrondissement et des
Homais de sous-préfectures, me disait-il, c'est
que les grands financiers d'Europe et les grands
industriels du Nouveau-Monde s'allient à nous
et nous donnent très volontiers leurs filles en
les dotant splendidement, parce qu'un beau
gendre, solidement représentatif, est une ga-

rantie de moralité et une côte pour les action-
naires, présents ou futurs, de son beau-père.
L'esprit des hommes de cette catégorie est trop
pratique et s'élève trop au-dessus de nos vieux
préjugés mondains pour s'abêtir à troquer de
bons millions en espèces contre des distinctions
nobiliaires qui sont dénuées en France de toute
consécration et de tout privilège ; mais ces
hauts barons de la Finance et de l'industrie ont
la notion, claire ou obscure, instinctive chez les
uns, raisonnée chez les autres, de la nécessité
d'une fusion de toutes les oligarchies, d'un *Trust*
de toutes les supériorités ».

— Quelle salade ! gémit Mme de Croix-Reigny
en joignant les mains.

— Je ne suis au courant de ces questions que
depuis mon stage de Courbevoie. Hélas ! après
m'être ruiné par inexpérience, j'ai trop souffert
du traitement et des jugements des hommes qui
n'ont d'autre étalon, d'autre critère que le succès
ou la fortune et qui demandent en parlant de
l'un de leurs semblables, non : « Que vaut-il » ?
mais : « Combien vaut-il » ? En s'y prenant ainsi,

les roublards ont la possibilité de marchander,
de maquignonner, et d'exploiter la probité, le
travail et le talent.

J'ai suivi Hercule, la main dans la main, et
nous hurlons avec les loups ! Pour nous'enrichir,
le plus honnêtement du monde, « car c'est encore parfaitement possible, de s'enrichir honnêtement, » nous nous dégageons uniquement de
quelques scrupules de forme et d'une modestie
dangereuse. Le mérite doit s'affirmer par ses
propres moyens. Nous affirmerons donc notre
mérite. Et nous-mêmes ! Oui, sans attendre
qu'on le proclame ou qu'on le méconnaisse !

— Roro ! mon enfant ! Mon petit « Roro » !

— Ma tante, les rudesses et les injustices de
l'existence ont fait de votre petit « Roro » un
homme..... un homme au sens actuel du mot.....
Oui, je vous le confesse : j'ai perdu cette candeur, cette belle humeur et cette crédulité qui
m'ont coûté si cher. A quoi servent les illusions
d'une éducation très noble et beaucoup trop
généreuse ? A livrer pieds et poings liés ceux qui
ont eu le malheur de la recevoir à des créatures

de proie, ignorantes de toute propreté morale et réglant tous leurs actes sur cette jolie devise : « L'argent n'a pas d'odeur. » qui est celle des femmes galantes, des prêteurs insatiables et de tous les buveurs d'or qui s'entendent si bien à spéculer sur notre vanité, à nous donner des vices ou à développer ceux que nous possédons de naissance et qui ne demandent qu'à grandir.

— Où allons-nous ? Où vas-tu ?

— Je tiens à rester noble et, puisque la richesse est devenue la noblesse et la puissance d'à présent, j'entends m'enrichir à mon tour pour demeurer un seigneur. La pauvreté fut en honneur à Athènes, à Sparte, à Rome.... Oh, combien de temps ? Même à Sparte ! A peine celui d'apprendre à la mépriser. Si j'avais été millionnaire, nous aurions pu nous aimer délicieusement, Lilian et moi, sans obstacle, sans contrainte....

— Ah, tu l'aimes toujours !

— Non.

— Pourquoi te mentir à toi-même ? Tu ne t'y trompes pas plus que tu ne réussis à duper ta vieille tante. Oui, Lilian et toi, vous vous aimez toujours !

— Sur quoi fondez-vous une supposition aussi invraisemblable ?

— Mistress Stawett, en sortant de Courbevoie, est accourue ici pour m'exprimer ses regrets, m'avouer l'état de son cœur et me supplier de vous réconcilier.

— Elle m'a humilié. Elle s'est montrée impitoyable. Rien, vous m'entendez, rien ne nous réconciliera.

— Je n'en crois pas un mot. On reconnaît ses torts. Sois généreux ! Tu as à prendre une superbe revanche. Prends-la sans hésiter, mon enfant !

— Jamais !

— Jamais n'est pas une date. Veux-tu faire souffrir, en te faisant souffrir toi-même, cette femme que tu adores ?

— La richesse de Mistress Stawett était un obstacle. J'espérais le surmonter un jour. Le ridicule est une impasse. Non, je ne veux pas d'une femme qui se croirait le droit, du haut de sa montagne de dollars, de se moquer à tout mo-

15

ment de son mari et qui se moquerait de lui, à la fin, par habitude et même sans s'en apercevoir.

— Vous oublierez dans le bonheur.....

— Elle n'oubliera rien ! Cette vision, cette stupide vision ne peut pas s'évanouir.

— Ton obstination est absurde. Réfléchis, mon « Roro. » Nous t'offrons presque des excuses... En vérité, nous ne pouvons aller plus loin.

— Des excuses ne suffisent pas.

— Oh ! que demandes-tu donc de plus ?

M. de Saint-Lorand se gratta le bout de l'oreille et médita.

Il n'existait pour lui, après avoir cherché, qu'un moyen d'équilibrer la situation du futur mari et de la future femme, c'était d'infliger à Lilian une humiliation plus dure encore que celle qu'il venait de subir.

Le baron cessa de se gratter l'oreille.

Sa physionomie s'était éclairée d'une joie qui n'avait rien de charitable.

Il l'avait inventée enfin sa vengeance : celle qui doit être servie froide !

— Ma tante, reprit-il d'un ton ferme, je me rends à votre conseil, d'abord parce que j'honore votre sagesse et votre expérience, ensuite parce que je serais désolé de vous contrarier. Dès l'instant que Mistress Stawett affirme son désir de signer la paix, mon devoir de galant homme me commande de m'incliner respectueusement.

Mme de Croix-Reigny regarda son neveu avec inquiétude.

Ce langage trop correct dans la forme touchait, dans le fond, à la plus haute impertinence et la comtesse sentait fort bien que le cœur du baron n'y prenait nulle part.

— Tu m'agaces, « Roro », fit-elle sèchement. Jouons franc jeu !

— J'obéis, puisque vous l'entendez ainsi. Après avoir envisagé avec la plus froide impartialité notre litige, je réclame la vieille loi de justice. C'est la plus rigoureuse et la plus naturelle...

— Et tu exiges ? interrogea Mme de Croix-Reigny.

— J'exige tout simplement œil pour œil, dent pour dent, cheveux pour cheveux !

— Cheveux pour cheveux ? Je ne comprends plus...

— Quoi de plus intelligible pourtant ? Mon ami Hercule a sacrifié ma belle chevelure en l'honneur de Mistress Stawett qui s'est moquée de moi avec une rigueur néronienne. Si elle m'aime réellement, si elle consent à réparer pleinement l'injure commise, il faut que, comme moi, elle perde ses cheveux et que son crâne devienne aussi parfaitement lisse que le mien l'est en ce moment.

— Tu es fou !

— Mettez-vous bien avant dans l'esprit que je ne consentirai jamais, autrement, à épouser une femme qui puisse se vanter de m'avoir vu dans l'état grotesque où je suis et qui me doive le souvenir le plus bouffon de sa vie. Si l'amour nous entraîne aux folies les plus insignes, j'offre gentiment à votre exquise amie le moyen d'affirmer la sincérité de son cœur en commettant une charentonnade dépassant de beaucoup celle de ce toqué d'Hercule.

— Et tu crois que je me chargerai, moi, à

mon âge, d'une commission aussi extrava-
gante?

— Je n'ai aucun conseil à vous donner à ce
sujet. Vous m'avez demandé mes conditions, je
vous les pose. Je n'en démordrai pas d'un pouce.
Pesez exactement les choses... Qu'ai-je réclamé
de si roide? Uniquement l'égalité que tous les
électeurs revendiquent en ce doux pays. Il me
semble donc tout naturel et incontestablement
légitime que Mistress Stawett fasse pour
M. Legril de Saint-Lorand exactement ce que le
dit M. Legril de Saint-Lorand a fait pour elle,
— involontairement sans doute — par suite de
la diabolique machination de M. de La Verdinière.

Cette phrase un peu compliquée fut prononcée
lentement par Roger sur le ton le plus grave, à
l'indicible stupéfaction de sa tante.

— Mais, mon garçon, tu perds la tête! se récria-t-elle. Vertu de ma vie! comment oses-tu
penser — fût-ce une seconde ! — que j'irais.....

— Je me garderais bien, ma chère tante, de
prétendre vous dicter l'ordre et la marche de

vos opérations. L'idée de ce mariage est venue de vous. Par conséquent, c'est vous qu'il inté-resse au premier chef.....

— « Roro », je ne t'ai jamais entendu diva-guer ainsi. Tâche d'être sérieux quelques mi-nutes.

— Vous tenez bien peu de compte, dans tout ceci, de ma dignité.

— Laissons là, pour l'instant, ta dignité.

— Oh !

— Tout à l'heure, tu m'avouais que tu aimais encore Lilian...

— Il y a des gens qui ne s'aiment pas et qui se marient, déclara le baron. Il y a aussi des gens qui s'aiment et qui ne se marient pas pour cela. Votre objection, ma tante, ne brille pas par la solidité.

« Roro », là-dessus, s'inclina avec sa grâce coutumière, baisa galamment la main de sa vieille parente, se redressa et posa fièrement son chapeau sur sa tête, en ajoutant, pour jus-tifier cette nouvelle incorrection :

— Je ne tiens pas du tout à divertir votre

valet de chambre en lui montrant mon crâne nu.
Les gaîtés de Mistress Stawett suffisent copieusement à mes débuts dans le comique.

Et, enchanté de sa boutade, il sortit d'un pas
nerveux.

XVI

LES AILES D'ICARE

Il disait qu'il m'aimait d'une amour sans seconde.
Molière.

Mme de Croix-Reigny jouissait au Faubourg d'une haute réputation de tact, de justice et de bonté.

Bien que son nom, son âge, ses qualités rares, ses nombreuses et belles relations l'eussent désignée plus souvent qu'à son désir pour servir d'arbitre ou de négociatrice dans des différends d'ordre intime, c'était pour la première fois qu'elle se trouvait en présence d'un cas aussi étrange que celui de Mistress Stawett et de son neveu.

A l'exemple des grands politiques, quand ils ne savent plus à quel saint se vouer, la bonne comtesse essaya d'abord de gagner du temps et d'éviter une explication pénible avec Mistress Stawett.

En éludant les pressantes questions de l'Américaine, en comptant sur l'aménité du caractère de « Roro », elle espérait que l'amour travaillerait plus efficacement que sa diplomatie et que cette querelle stupide entrerait à brève échéance dans une phase moins aiguë.

Son erreur (ou son illusion) ne dura guère.

M. de Saint-Lorand se cantonnait rigoureusement dans son intransigeance. Les échecs et les humiliations avaient endurci cette âme naguère si docile. Les prières, les conseils, les suggestions de la tante Elise se brisèrent sur la décision irrévocablement prise par un cœur ulcéré et déçu.

Au moment où ses relations mondaines et ses compagnons de plaisir, sèchement indifférents à sa ruine, avaient laissé le jeune homme se tirer de difficulté tout seul, la chaude sym-

pathie de Lilian, le sérieux intérêt qu'elle lui
portait, l'avaient étroitement attaché à cette
amie si dévouée, si confiante en son avenir.

Trop faible ponr lutter seul en s'armant stoïquement des énergies nécessaires, le baron
avait trouvé chez la belle étrangère un conseil
bienveillant et sûr, un cœur toujours prêt à
s'ouvrir à ses tristesses, à le consoler des amertumes d'une existence trop rude à supporter
pour son extrême sensibilité de garçon terriblement gâté et d'homme n'ayant connu trop longtemps que les adulations et les câlineries.

Au lendemain de sa ruine, qu'il avait annoncée
trop tôt et trop haut, Roger n'avait pu s'appuyer
que sur la tendresse quasi-maternelle de ces
deux femmes.

Les sentiments violents, les sensations intenses auxquels il fut brusquement livré l'en-
traînèrent à un *maximum* d'égoïsme, car il n'y
a rien de plus égoïste que la douleur dans l'exaspération des premiers instants.

Ceux qui souffrent exigent de l'amitié, ou du
respect que l'on prétend dû au malheur (c'est-à-

dire le respect qui est dû à leur propre malheur),
un dévouement toujours sous pression, une
sollicitude presque préventive que la « furia »
électriquement combinée des mœurs contem-
poraines ne permet pas de dépenser, même aux
cœurs les plus fidèles. Le temps est trop coûteux pour qu'on le gâche. Il représente, s'il n'est
pas employé lucrativement, un énorme « manque
à gagner ». A notre âge d'Or et de *Vavilisme*,
où l'on bouzille comme, de sujets des vaude-
villes jusqu'aux intentions les plus exquises,
les vrais amis devraient user le gros de leurs
journées à échanger des monceaux d'excuses.

Par la puissance d'un dualisme qui permet à
un homme véritablement amoureux d'aimer à
tout instant, au milieu des travaux les plus
arides et des occupations les plus prenantes,
Roger était arrivé naturellement à rapporter
tous ses actes, toutes ses pensées à la femme
qui était son véritable premier amour et, en
quelque sorte, le pôle sentimental et magnétique
de toutes ses forces affectives.

S'il avait cru d'abord aimer Lilian comme
une sœur, la réciprocité d'une irrésistible attrac-
tion l'avait averti à temps de son erreur. Dès
lors, avec cette naïveté de l'homme qui n'a pas
assez pleuré, assez souffert pour connaître à
fond le cœur humain et ses incompréhensibles
contradictions, oui, dès lors, ce « Roro », si
tendre et si despote à la fois, avait rêvé l'union
entière, l'union parfaite de leurs deux cœurs,
de leurs deux cerveaux, ne sentant, ne battant
plus qu'à l'unisson.

Après avoir refoulé ses premières craintes et
surmonté ses premières résistances morales,
cet amant emporté par les illusions les plus
charmantes et les plus dangereuses s'était bientôt abandonné à ce délicieux amour avec l'in-
génuité, l'enivrement et la brûlante allure d'un
bachelier grisé par sa jeunesse et par la trou-
blante magie dont les poètes ont l'art de parer
leurs plus séduisants mensonges.

Pour parvenir à cet état supérieur de sagesse
où le cœur et la raison, devenus plus indulgents,
concèdent une juste part à nos défauts et à nos

ses pensées, car tous ses regards, toutes ses pensées ne devaient appartenir qu'à lui.

Cette femme, après l'avoir charmé par les attentions les plus exquises, dans l'abandon et dans la peine, cette femme était devenue, pour son adoration, plus qu'une femme : une déesse idolâtrée — en même temps que sa conquête et son bien.

M. de Saint-Lorand avait aimé avec un redoublement de violence depuis qu'il s'était réfugié à Courbevoie pour fuir devant l'Amour, pour s'y cacher et tenter la fortune avec son ami Hercule, étant fermement décidé à ne point partager la richesse de l'Américaine tant qu'il n'aurait pas redoré son bi son. Et, s'il avait voué à l'adorée un culte aussi fervent, c'était peut-être bien parce que la femme ne pénètre et ne possède jamais mieux le cœur de l'homme qu'en berçant sa douleur, s'il est malheureux, en croyant à son génie, s'il est méconnu, en ne doutant pas de sa prochaine victoire. s'il a été vaincu.

Les triomphateurs reçoivent un pareil hom-

mage comme une offrande due et comme une
couronne poétiquement ajoutée à leur mois-
son de lauriers. Il n'entre point dans leur âme
superbe ce sentiment de l'orgueil renaissant et
de la reconnaissance qu'engendrent dans une
âme abattue et meurtrie la tendre pitié et le dévouement féminins.

Tout autres avaient été les dispositions de
Mistress Stawett. « Roro » n'offrait nullement à
son esprit solide le charme et la grandeur d'un
héros de roman et l'Américaine, accoutumée à
l'exactitude réaliste, ne cherchait ni à diminuer
ni à magnifier le personnage du baron. Elle pri-
sait en lui la race et les qualités d'un vrai gentilhomme. Après l'avoir considéré trop super-
ficiellement (elle en convenait d'ailleurs),
comme un Parisien de l'élégance la plus raffinée
et comme l'un de ces *gentlemen* de la correction
la plus impeccable tels que l'on en rencontre
beaucoup dans le monde, elle avait cassé cette
sentence hâtive et peu juste. Alors, elle avait
prodigué ses conseils à son ami « Rodger »,
cherchant tous les moyens dont elle pouvait dis-

poser pour lui rendre service. Or, malgré sa
haine et son mépris des hommes, la jeunesse
de cette belle créature se fanait au milieu du
luxe et de la richesse, dans l'aridité d'une existence à laquelle la liberté du veuvage n'avait
ajouté que des responsabilités, des tracas et l'o-
bligation d'une conduite de la prudence la plus
sévère pour échapper à la médisance des salons.

En reconnaissant en « Roro », au lieu du fri-
vole viveur qu'elle avait pensé rencontrer, un
homme de cœur, intelligent, revenu des erreurs
très excusables de sa jeunesse et capable de
recommencer utilement sa vie ; en s'associant à
ses efforts, en se conduisant en sœur aînée,
bien qu'elle fût sa cadette ; elle avait dû constater sans aucun déplaisir que son cœur avait
marché beaucoup plus vite que sa volonté.

Trop fine pour ne pas deviner que Mme de
Croix-Reigny n'avait jamais demandé mieux
que d'aider à la fois au bonheur de son neveu par
le sang et à celui de sa nièce adoptive, elle avait
puisé dans l'approbation de la comtesse le
meilleur des encouragements. Elle s'était aban-

donnée ainsi à la douceur d'aimer, d'aimer un homme qui réunissait toutes les qualités mondaines et personnelles qu'elle pouvait souhaiter ; un homme qui ne serait jamais un maître, mais un ami charmant et un mari délicieux.

Ces deux âmes s'étaient situées par de tels sentiments aux antipodes, tant leurs deux arts d'aimer différaient essentiellement. Et c'est de cette énorme différence qu'avait résulté la catastrophe qui avait éclaté à Courbevoie.

Le rire nerveux de Lilian avait passé avec la fureur d'une bourrasque sur l'âme de Roger et renversé l'autel sous les ruines du temple.

Que son amie fût atteinte de la plus épouvantable disgrâce, il l'eût enveloppée de tendresse, de respect et de pitié.

Aucun amant, aucune amante ne penseraient et n'agiraient de manière différente.

Donc, si Lilian avait pensé et agi à l'encontre des sincères amants, elle n'aimait pas ou elle aimait bien mal !

Le baron avait-il été abusé ?

S'était-il abusé lui-même ?

Dans l'un comme dans l'autre cas, le pauvre Icare avait brisé ses ailes. Des splendeurs de l'azur, il était retombé sur les pierres et sur la poudre d'un chemin battu par la rudesse et la vulgarité. Et Lilian n'était plus à ses yeux l'ange tutélaire, mais une simple femme moqueuse, étrangère à toute pitié...

Le suprême espoir et la charmante consolation de Roger s'étaient soudainement effondrés. C'était le désenchantement. C'était la haine !

Les plus âpres sarcasmes, les plus mordantes satires du marquis de La Verdinière lui revenaient à l'esprit.

Combien il avait eu tort de ne pas associer son ressentiment à celui d'Hercule contre l'Eternelle Ennemie, contre ces créatures perfides et légères qui jouent avec notre cœur, avec nos plus beaux rêves, sans plus de ménagement qu'un jeune chat capricieux avec un chiffon de papier ! Qu'il remontât aux *flirts*, aux passionnettes, aux brèves comédies d'amour de sa jeunesse, le baron retrouvait, à chaque fin de chapitre coquetterie, mensonge, plaisir de tromper l'homme et de s'amuser cyniquement de sa sincérité.

En vérité, rien de plus tenace qu'un amour vrai. On ne le déracine point à sa guise. Mais Roger, à cette heure, ne songeait ou ne croyait songer qu'à l'injure dont saignait son orgueil et à la singulière revanche qu'il prétendait en tirer.

Depuis qu'il avait fait part à tante Elise d'un ultimatum dont la rigueur et la bizarrerie épouvantaient la pauvre comtesse, le baron savourait l'apéritive volupté d'une demi-vengeance.

Mistress Stawett s'était arrogé le droit de tout se permettre avec « Monsieur Rodger ». Eh bien, « Monsieur Rodger » lui signifiait nettement qu'il n'entendait pas être dominé, ni servir de joujou à une belle dame blasée par la puissance de l'Or sur toutes les lâchetés humaines.

Son tour était venu de parler en maître, de rétablir les rôles et d'imposer sa volonté.

XVII

UNE COMMISSION DIFFICILE

> Elle était, comme une ambassadrice,
> obligée d'arrondir ses phrases et ses
> coudes.
>
> BALZAC.

En quelques minutes de réflexion, Lilian, au
retour de Courbevoie, avait eu conscience de son
involontaire cruauté. C'est pourquoi elle avait
immédiatement avoué ses torts à Mme de Croix-
Reigny avec sa franchise habituelle et sans la
moindre hésitation, croyant très fermement que
l'expression loyale de ses regrets allait panser
la blessure de l'aimé et clore un incident dont
elle n'avait pas prévu la gravité.

Telle avait été sa première pensée ; mais l'attitude gênée de tante Elise et la lenteur que Roger mettait à répondre l'alarmèrent bientôt.

Qu'était-il arrivé à M. de Saint-Lorand pour qu'il ne donnât plus signe de vie ? Etait-il tombé malade, lui si sensitif et si bon ? Avait-il été froissé trop rudement ? Etait-il fâché ? Boudait-il ? On envenimerait le malentendu en le prolongeant.... La situation était trop tendue. Il fallait la dénouer au plus vite. Pauvre Rodger ! Il avait beaucoup souffert. Il avait été humilié.. Et cette pensée attendrissait l'Américaine en même temps qu'elle la rendait fière de son tout-puissant pouvoir sur l'homme qu'elle adorait déjà..... De plus, elle se glorifiait de la résistance et de l'énergie du jeune homme. Quel changement dans le caractère de ce joli garçon, naguère désœuvré, inutile, et que personne n'avait pris au sérieux !

A le voir si ferme, si résolu, elle admirait son propre ouvrage. Si la réconciliation n'allait pas toute seule, la paix se conclurait avec plus de joie. Et cette attente la rendait plus impatiente,

plus nerveuse, plus pressée d'entamer les premiers pourparlers.

Mme de Croix-Reigny, harcelée du matin au soir,
ne put tenir longtemps contre les assauts sans
cesse renouvelés de « sa nièce ».

— Mon enfant, déclara-t-elle, je me décide à
parler puisque vous l'exigez, mais je tiens à
vous affirmer que je ne parle qu'à regret, n'ayant
rien de bon à vous annoncer. Avant de vous faire
part de la volonté de Roger.....

— La volonté de Roger ! Il en a donc une à
présent ?

— J'en ai peur.

— Tant mieux !

— Je ne sais si vous direz encore « Tant
mieux ! » quand je vous aurai appris ce qu'il m'a
chargée, malgré mes protestations, de vous com-
muniquer....

— Vos protestations ! C'était donc bien terrible, tante Elise ?

— Oui, terrible !

17

— Et il a dit? demanda Lilian charmée et pas trop rassurée tout de même.

— Il a dit : Dent pour dent! Œil pour œil !

— Dent pour dent? Œil pour œil?

Et il a ajouté, plus méchamment encore : « Cheveux pour cheveux ! »

— Cheveux pour cheveux?

— Vous ne comprenez pas?

— Je n'ose pas comprendre.

— C'est pourtant bien simple! Vous avez ri sans aucune pitié de la calvitie de « Roro ». Il veut, à son tour, rire de la vôtre...

— Mais je ne suis pas chauve, moi ! s'exclama la jeune femme indignée.

— Arrangez-vous pour l'être !

— Comment? C'est vous, ma tante, qui....

— Pas du tout..... Ce n'est pas moi..... Je ne voulais pas me charger d'une pareille commission, aussi sotte qu'impertinente. Je le lui ai catégoriquement déclaré et il s'est moqué de moi... Depuis que ce garçon a perdu ses cheveux, il a un front !

— Un homme doit avoir du caractère.

— Si sa délicate plaisanterie trouve grâce devant vos yeux, soumettez-vous, mon enfant !

Lilian haussa les épaules, retira son chapeau, regarda complaisamment dans la glace sa belle chevelure souple et moirée, puis, se tournant vers la comtesse, elle déclara laconiquement :

— Il ne voudrait pas !... Adieu, ma tante, conclut-elle, après avoir coquettement replacé son chapeau sur sa tête et embrassé gentiment la vieille dame.

— Adieu ! soupira Mme de Croix-Reigny. Vous ne trouvez donc rien de mieux à me dire ?

— Que voulez-vous que je réponde de plus à une aussi absurde prétention ? se récria-t-elle, en contractant ses magnifiques sourcils. J'ai eu tort de m'intéresser et de m'attacher à ce jeune Français. Il est aussi vaniteux que les autres.

L'Américaine sortit, courroucée et hautaine...

La tante Elise, bouleversée, ne trouva rien à

répliquer à une impertinence qui la frappait doublement.

Elle n'espérait plus rien de ces deux entêtés qui s'adoraient peut-être et qui s'acharnaient inutilement, férocement, à détruire leur propre bonheur.

XVIII

UN NOUVEAU POUVOIR

> Pour acquérir l'argent et la célébrité,
> Empruntons les cent voix de la publicité.
> A cela tient la réussite.
>
> LA CHAMBEAUDIE.

Tante Elise se flattait de connaître à fond le caractère de son neveu.

Mais peut-on se flatter de connaître à fond le caractère d'un homme, et surtout d'un homme amoureux ?

Mme de Croix-Reigny rappela Roger.

Elle espérait l'amadouer, le persuader et l'amener à des dispositions plus pacifiques.

17'

Le jeune homme se rendit bravement à la con-
vocation.

Déception amère ! « Roro » ne voulut rien
ajouter, rien retirer......

Tante Elise ne l'avait que trop justement fait
observer à Lilian : « On peut se jouer du cœur d'un
homme. On se joue beaucoup moins facilement
de son amour-propre ». Et c'était là sans doute le
motif qui avait déterminé M. de Saint-Lorand à
prétendre imposer à l'Américaine une épreuve si
grotesque, si inutile et si humiliante qu'aucune
femme au monde n'eût consenti à s'y soumettre.

M⁰ᵉ de Croix-Reigny avait compris alors, avec
le plus profond chagrin, qu'il ne lui restait qu'à
se croiser les bras en attendant les événements,
s'il devait en surgir, ce qui ne lui était pas absolument démontré.

Hercule de La Verdinière avait été tenu au
courant, par M. de Saint-Lorand, des péripéties
de cette lutte de deux champions décidés l'un
comme l'autre à ne pas céder.

Il exultait....

La victoire de son ami « Roro » sur l'altière Américaine lui causait autant de joie qu'une admirable découverte, car il préjugeait bien que le baron ne pardonnerait jamais.

Ce drame intime ne retenait du reste qu'une faible part de son attention, maintenant qu'il ne doutait plus de l'inébranlable fermeté de son associé.

Les affaires de Courbevoie absorbaient tout son temps et son intelligence. Assurément, il fallait bien un homme de ce tempérament extraordinaire pour mener tout de front : agrandissements des locaux, achats de terrains, recrutement du personnel, vente, expédition, publicité, fabrication.

« La Tisane des Toutous » avait obtenu un succès mondial. A son tour, l'élixir portant la marque « Un monsieur vient de trouver le Secret ».... était lancé avec une vigueur toute américaine.

Paris fut tapissé de placards et sillonné de porteurs d'affiches. Les journaux célébraient le nouveau produit avec un lyrisme et une éloquence assez entraînants pour décider tous les chauves de notre planète à devenir aussi superbement chevelus que nos rois mérovingiens. Il n'y avait pas dans les imprimeries de caractères assez gros ni assez gras pour annoncer à la dernière page des Quotidiens la découverte surprenante du savant aussi bruyant qu'anonyme qui venait de trouver le secret..... le fameux secret de faire repousser les cheveux sur les crânes les plus stériles et les plus ravagés.

La nuit, ce tonnerre de réclames ne cessait pas... Des rampes de feu en étaient les éclairs. Elles couraient sur les façades, flamboyaient sur les toits, tandis qu'à de hautes fenêtres des projections cinématographiques exhibaient des flacons du célèbre produit, représentaient des magasins de dépôt devant lesquels stationnaient des files invraisemblables d'acheteurs et d'équipages contenues difficilement par un service d'ordre de sergots encapuchonnés et de gardes républicains à cheval. Puis, c'était l'estomirante aventure du vieux boulevardier qui entre chez le coiffeur, se fait faire une application de la fa-

meuse lotion du « Monsieur », dîne au restaurant, sent un épais duvet lui pousser sur le
crâne, après les huîtres, et porte sur la tête une
telle forêt au moment du dessert qu'il avale son
café en toute hâte, et en se brûlant ! pour re-
courir chez son coiffeur et se faire couper les
cheveux : Taille et friction !

Que l'on entrât au café-concert, dans les
théâtres et les boîtes où l'on joue des Revues,
les compères en habit de couleur, les commères
dans leurs robes à longue traîne de tulle lamé
d'or ou d'argent, les comiques, le bataillon des
petites oies pas blanches, tous et toutes avaient
le mot, le couplet, aimables ou pour faire rire,
en l'honneur du « Monsieur qui avait trouvé le
secret ! »

— Le soir, vers huit heures, sa rude journée
terminée, toujours coiffé de son petit chapeau
mou et revêtu de sa large houppelande dont une
poche profonde servait à Kiki de gîte, Hercule
dînait souvent dans quelque restaurant du Boulevard.

Il posait Kiki sur la table à côté de lui, et cette paire de fidèles amis dinait très joyeusement.

Tous deux étant des sages sans reproche, rien ne troublait leur conscience ; rien ne contrariait leur solide appétit.

Les autres dineurs remarquaient vite le tête à tête de cet adorable petit griffon et de ce colosse qui s'habillait à la façon d'un bohème pour fréquenter dans un monde où les hommes cravatés de blanc et les femmes décolletées rivalisaient d'élégance. On interrogeait les maîtres d'hôtel. Les maîtres d'hôtel étaient bien obligés, à leur vaste confusion, d'être discrets et de respecter l'incognito d'un personnage qu'ils ne connaissaient pas.

La curiosité manifestée par les badauds ravissait M. de La Verdinière et ne produisait aucun effet sur l'âme parfaite de Kiki, âme sensible, mais pondérée, à laquelle il suffisait, pour que tout allât à peu près convenablement sur la terre, que son blanc de poularde fût tendre et fraîche son eau d'Evian !

Le repas achevé, le marquis sortait du restaurant pour faire un grand tour de Boulevard,
surveiller sa publicité nocturne et s'assurer
qu'il était impossible au passant le plus distrait
d'ignorer de la Place de la Madeleine à la place
de la République l'existence de la lotion magique.

Cette promenade causait à « M'sieur Hercule »,
malgré son mépris de tout, une joie capiteuse de
laquelle il ne cherchait plus à se défendre.

Les psychologues les plus fins professent que
le pouvoir occulte procure à celui qui le détient
des voluptés autrement intenses que celles de la
toute-puissance exercée au grand jour.

Perdu au milieu de la foule, confondu avec
elle, le marquis savourait délicieusement, dans
sa soif d'ironie et son goût des contrastes, le
plaisir de constater que l'on connaissait, à cette
heure, dans toutes les capitales et les plus
grandes villes d'Europe, la découverte du « Monsieur qui vient de trouver le secret », sans savoir qui était cet étonnant « Monsieur ».

Est-ce que la foule connaît les noms des vrais
inventeurs ? A-t-elle connu Sauvage, l'inventeur de

l'hélice, le rénovateur de la navigation à vapeur ?
Connaît-elle davantage Charles Cros, un extraordinaire poète, de la plus savoureuse originalité,
qui déposa à notre Académie des Sciences un mémoire sur le phonographe longtemps avant les
triomphes d'Edison ? Et que d'autres oubliés ! Et
que d'autres méconnus ! Ils étaient légion !
Elle ne savait donc pas davantage, cette foule,
que le réel auteur de la recette miraculeuse qui
allait rendre leurs cheveux, demain, à tous les
chauves inconsolables, était non le riche capitaliste organisateur de cette colossale publicité,
mais un modeste médecin du commencement
du xvii° siècle, un médecin burlesque tout pareil
à ceux que nous voyons à la Comédie française,
dans le théâtre de Molière, robés de noir, le chef
affublé d'une longue perruque surmontée d'un
chapeau pointu, le cou encerclé d'une large
fraise empesée et tuyautée. Et il y avait toutes
les chances pour que le nom de l'inventeur,
pour que le nom du pauvre petit médecin demeurât à tout jamais oublié, même après que sa
découverte serait appliquée dans le monde en-

tier, jusqu'au fond des régions lointaines dont
les cartes de géographie de son époque ne men-
tionnaient ni les frontières ni le nom. Et c'est là
l'histoire de milliers de grands hommes et d'in-
fortunés précurseurs depuis que la terre tourne
— si elle tourne !

Sous l'éclat d'innombrables lampes électriques, sous les fulgurations de reptiles lumineux
qui s'allongeaient rouges, blancs, bleus, jaunes,
en leurs subites transformations, scintillants,
radieux, pareils à de vives traînées de rubis,
de saphirs, de topazes ou de diamants de l'Inde,
sous cette apothéose de féerie électrique, un
décor se plantait, sombre et mélancolique, devant l'imagination du marquis de La Verdinière.

Dans une salle basse, aux vitraux enchâssés de
plomb, au plafond à solives apparentes noirci par
la fumée de l'âtre et de la lampe de cuivre, où va-
cillait la flamme louche d'une mèche charbonnante
baignant dans une huile bourbeuse, assis à sa table
de travail, environné de grimoires, de manuscrits, d'énormes in-quarto recouverts d'une re-
liure de peau éraillée, le médecin Claude Martinot,

18

le nez chevauché d'énormes bésicles rondes, dé-
pouillé de sa robe, de son chapeau pointu, de
sa perruque et de sa fraise, les jambes recou-
vertes d'une mauvaise couverture de laine en-
levée à son lit, noircissait de sa grosse écriture,
à l'aide d'une énorme plume d'oie, les feuillets
de son docte ouvrage. Il gelait au dehors... L'horloge de Saint-Germain-l'Auxerrois venait de
sonner lentement deux heures... Et le savant
modeste, le savant inconnu, insensible à la fa-
tigue de la longue veillée, poursuivait inlassa-
blement son labeur obstiné.

« Combien sont-ils, murmura Hercule, ceux
qui donnent un pareil effort et qui obtiendront
même récompense ? »

A ce moment, le marquis fut arrêté par un
rassemblement qui le ramena aux réalités de
l'heure présente.

La foule contemplait les projections cinématographiques du « Monsieur » et l'homme de Courbevoie fut enveloppé d'une atmosphère de belle
humeur, de lazzi, de blague.

Les scènes les plus comiques du « Cinéma »
étaient soulignées de commentaires drôlatiques
et de jovialités populacières. Des boulevardiers
se tordaient.

Un bonhomme d'une soixantaine d'années,
dont la calvitie s'accusait en demi-lune toute
blanche, derrière la tête, sous un chapeau haut
de forme démodé, dit à sa femme appuyée à son
bras :

— C'est peut-être bon, Virginie... Si j'en es-
sayais ?

— Encore une drogue de charlatan ! répliqua
cette méfiante épouse. Attends un peu avant d'en
acheter un flacon, Jules ! On aura bien des
amis, car tes amis n'ont guère plus de cheveux
que toi, qui voudront savoir ce que ça vaut...

Jules prit l'air capable d'un vieux singe à qui
l'on ne remontre plus à faire des grimaces :

— Tu ne crois à rien, ma pauvre amie ! sou-
pira-t-il. Autrefois, tu nous as fait rater notre
fameuse affaire du grand terrain du boulevard
de Courcelles qui nous permettrait d'avoir aujourd'hui notre auto... Voyons ! Voyons ! Peux-

tu penser que ce Monsieur qui jette l'argent par les fenêtres pour annoncer sa drogue irait débiter stupidement de la poudre de Perlimpinpin? On ne prodigue pas ainsi l'or pour attraper des gogos que l'on ne rattrapera pas deux fois. Ces gens sont sûrs et certains de l'efficacité de leur produit.

M. de La Verdinière aurait embrassé de bon cœur ce M. Jules qu'il n'avait jamais vu de sa vie et qui n'avait pas, non plus, la tête d'un individu capable d'avoir inventé la poudre à canon, ni même — sans viser plus haut — le modeste fil à couper le beurre.

N'importe! Ce bonhomme d'une si simple logique venait de confirmer la théorie de M. de La Verdinière sur la toute-puissance de la Publicité :

— *Vox populi! Vox Dei!*

« Oui, s'avouait Hercule, c'est merveilleux de n'avoir qu'à dépenser de l'argent pour démontrer son génie et divulguer ses inventions. Point de fausse modestie. Nul besoin de solliciter des récompenses, des brevets, des médailles, des décorations! Inutile de graisser des pattes toujours

vides ou de verser des pots de vin dans des
gosiers toujours à sec. De la farce, du spectacle
et des images pour attirer et amuser. Oui ! Mais,
avant tout, la franchise loyale, brutale et courte
des arguments réels... « Nous avons vendu tant
de flacons de la lotion du « Monsieur ». — Nous
avons reçu tant de certificats attestant les cures
innombrables de nos clients. » Il a raison, ce
bon M. Jules ! Il a cent fois raison contre la sotte
incrédulité de sa femme. On ne lutte pas contre
l'évidence. On ne nie pas la Vérité qui se libère
de ses antiques pudeurs pour luire au-dessus
du vieux monde stupéfait comme le soleil d'Aus-
terlitz sur les soldats de Napoléon.

Une fièvre délicieuse brûlait les tempes de
l'inventeur et fécondait sa pensée diligente.
« Quelle reconnaissance je dois, songeait-il souriant et ému, à mes bons vieux ancêtres de la
Jamaïque ! Ils ont compris... Ils ont deviné... Ce
sont des précurseurs, ces distillateurs ! Tandis
que les émigrés, croyant que la Révolution aurait la courte durée d'un cyclone, vivaient misé-

rablement en exil d'expédients, de leçons de danse, d'écriture, de dessin ou de français, en espérant le retour des Bourbons aux Tuileries et leur manne bienfaisante, les La Verdinière se créaient une nouvelle patrie et se reconstituaient une nouvelle fortune. Dieu les avait armés d'une tête forte et d'une mémoire longue. Ils n'oublièrent pas, comme tant d'autres, qu'on les avait dépouillés de leurs biens, parce qu'ils avaient fui, et qu'on leur aurait coupé le cou, s'ils étaient restés à attendre chez eux les pourvoyeurs de guillotine et les amateurs de biens nationaux. Puis ils avaient vu ensuite tant de chose extraordinaires, au cours de la Restauration, qu'ils ne s'étaient pas bercés de plus d'illusions creuses sur la gratitude des princes que sur la justice du peuple. Les leçons de l'histoire contemporaine leur avaient largement profité. Trop d'événements leur avaient enseigné à agir par soi-même et pour soi-même ! »

Hercule tirait ainsi de leur persévérant labeur, de leur ordre parfait, de leur économie vigilante et de l'heure opportune, la puissance financière qui lui avait permis de livrer la gigantesque bataille commerciale qui emplissait les grandes capitales du monde civilisé d'illuminations et de fracas.

Quand le marquis rentra chez lui, à Courbevoie, sa griserie durait encore.

Rien ne l'aurait fait douter de la victoire plus que certaine...

— Oui, calculait-il, je serai formidablement riche, puisqu'il faut l'être, et j'enrichirai du même coup mon pauvre « Roro », Dès lors, après que j'aurai prouvé à ce plat univers que je suis capable de préserver les chiens de la maladie et les hommes de la calvitie, je pourrai reprendre mes grands travaux dans le recueillement et la méditation, sans avoir besoin de Mécènes, de subventions, d'approbations. Je publierai mes découvertes. J'en enseignerai l'emploi et j'en démontrerai l'efficacité. Je guérirai les uns. Je soulagerai les autres, en vendant à bon prix des remèdes consciencieusement préparés. Les savants me mépriseront ou me calomnieront. On

me traitera de puffiste ou de bluffeur. Petites mi-
sères du métier ! Je les préfère au supplice de
mendier les consécrations officielles, d'être arrêté dans mes recherches par le manque d'argent pour acheter des instruments et des produits indispensables ou d'attendre, comme les
savants du Muséum et de l'Université, que le
Gouvernement trouve le loisir de me concéder
un local approprié à mes travaux ou dispose des
crédits nécessaires à son installation. Combien
je plains les chercheurs et les artistes de génie
qui brûlent de l'ambition de découvrir, d'inventer, de créer, et qui sont entravés, à chaque
pas de leur atroce et sublime Calvaire, par la
pénurie des moyens ou par la préoccupation
d'assurer le pain de leur femme et de leurs enfants ! Que serais-je moi-même si je n'avais pas
à mon service cette force invincible de l'Argent
qui me permet d'entrer en communication di-
recte avec les foules et de leur révéler les vertus
essentielles de mes produits? Un raté... Peut-
être un martyr ? »

Une prière jaillit de l'âme enthousiaste du marquis Hercule :

« Seigneur, implorait-il, ne me retirez pas la force et les moyens dont vous m'avez pourvu et par l'effet desquels je tâche de faire un peu de bien à autrui. Ma science, suffisamment ingénieuse pour utiliser quelques parcelles des trésors dont vous avez comblé la Nature, ma Science puérile s'agenouille devant le Mystère et la Grandeur de vos Desseins. Mon orgueil se métamorphose en fumée devant l'Immensité impénétrable de votre Œuvre et devant les erreurs des milliers de savants et de sages qui tentèrent témérairement de l'analyser en remontant aux origines des mondes, sans obtenir d'autre progrès et d'autre gain que de surélever de plusieurs étages la tour de Babel incohérente de nos systèmes et de nos méthodes. Les écoles les plus célèbres se combattent et se détruisent pour la plus grande joie de Votre Sérénissime Omnipotence qui les contemple.

« Non, Seigneur, je ne gravirai pas les pentes de l'Acropole pour vous y signifier des impertinences qui retomberaient en pluie sur moi comme la brume au creux des vallées profondes. De telles vanités et de telles audaces n'encombrent point mon intelligence prisonnière des insondables réalités dont vous êtes le divin artisan. Mon Père, mon Créateur, je me prosterne à vos pieds et la prière que j'ose vous adresser est celle d'un mortel qui vous demande de prendre en pitié notre détresse et de faire refleurir sur cette société humaine, que vous avez laissé se former en une apparence de liberté, les vertus de bonté et d'amour que nous enseigna votre divin fils, notre Rédempteur. »

Le chien Kiki, très fatigué et fort peu réjoui d'avoir contrôlé jusqu'à une heure indue la publicité du « Monsieur qui vient de trouver le Secret », s'était coulé, en s'étirant et en bâillant longuement dans la corbeille qui lui servait de couche.

Bientôt, le bruit d'un ronflement doux et régulier monta jusqu'au chevet d'Hercule et coupa court à la ferveur de son oraison.

« O chien Kiki, belle et brave petite bête,

pensa-t-il, vous donnez à votre maître une utile
leçon. Votre sommeil atteste la placidité de votre
âme si douce et si mignonne de Toutou, ainsi
que votre inaltérable confiance dans la destinée
providentielle qui vous a permis de naître et de
vous incarner dans la personne d'une bestiole
imperceptible, pareille à une petite boule de soie
floche, pour vous laisser mourir ensuite comme
les fleurs les plus belles et comme les académi-
ciens, bien que ces derniers osent se prétendre
immortels, mais sans l'affirmer trop fermement.
Un comédien illustre déclarait que le sommeil
est une opinion. O chien Kiki, ne vous réveillez
pas pour écouter ce mot d'un subtil sociétaire
de la Comédie française qui connaissait fort bien
ses auteurs et qui se doutait par avance de ce
dont certains sont capables... Puis, ce comédien
avait peut-être fréquenté la Cour d'assises, à
l'exemple de nombre de ses confrères, en se pro-
posant d'y étudier des physionomies, des regards, des gestes, des intonations, des atti-
tudes... Alors, il avait également étudié le confortable sommeil des assesseurs...

« Sommeil légitime et respectable! pensa Hercule. Pourquoi la meilleure des justices ne serait-elle point celle qui nous vient en dormant ? »

Et sur cette irrévérencieuse pensée qui n'arrêta pas une seconde les ronflements du griffon couché en rond dans sa corbeille, Hercule de La Verdinière éteignit sa lampe électrique et ferma les yeux à son tour.

XIX

ART NOUVEAU

> ... .chaque jour, quelqu'astre s'en va ;
> hier c'était Dieu ; aujourd'hui c'est
> l'Amour ; demain l'Art.
>
> *(Correspondance.)*
>
> GUSTAVE FLAUBERT.

M. de Saint-Lorand avait suivi nerveusement les conseils de son ami de La Verdinière.

Il était rentré dans son monde, non plus en bon jeune homme qui cherche à s'excuser de s'être ruiné un peu trop vite, mais en joueur sûr d'une prompte revanche.

Après avoir maîtrisé les flottements plus que naturels d'une âme amollie par les délices de Paris et longtemps abusée par les consolantes hypocrisies qui nous masquent les férocités instinctives de la race, « Roro » s'était reconquis par la vertu du sentiment de sa légitime défense.

Un tel homme ne pouvait devenir mauvais. Non ! Mais il ne lui plaisait pas de jouer plus longtemps le rôle de dupe et de proie par lequel il avait débuté.

Sa crânerie et son assurance inspirèrent la prudence et éveillèrent la curiosité.

Ce garçon ruiné reparaissait, au bout de quelques mois d'absence, avec l'allure dégagée d'un homme sûr du lendemain.

Où avait-il retrouvé la fortune ?

Où avait-il perdu sa blonde et soyeuse chevelure ?

Le monde aime le mystère et le mystère crée le « potin ».

L'art de la conversation, au dire de certains, s'en va... Rassurons-nous : le potin reste... et il durera, sous d'autres noms, aussi longtemps que le monde. Les gens d'esprit l'ornent d'une grâce, d'une finesse parfois acidulée qui évitent la rosserie, brutale comme un coup de poing en pleine face, ou perfide comme la basse calomnie. Les méchants, les imbéciles et, surtout, les bavards, coutumiers de dire n'importe quoi pour se donner l'air d'avoir quelque chose à dire, en font, consciemment ou inconsciemment, une arme de salon, un poignard mondain, plus redoutables que l'os de mouton ou le couteau à cran d'un rôdeur des *fortifs*.

M. de Saint-Lorand passa flegmatique et fier à travers le brouhaha soulevé par sa réapparition soudaine, avec le ton, avec l'allure d'un gentleman qui se juge au-dessus du « qu'en dira-t-on ? »

Il se produisit également dans les cercles dont il était encore membre, aux Premières, au Bois, le sourire protecteur et l'air superbe...

Mistress Stawett et Mᵐᵉ de Croix-Reigny tombaient de surprise en surprise, en surveillant discrètement, et de loin, ce nouveau jeu si inattendu, si en dehors du caractère du baron.

La comtesse rougissait pour son neveu de ce cabotinage. La belle Lilian le jugeait sans trop de sévérité.

Perspicacité ou lâcheté d'amoureuse ? elle traduisait les bravades de « Roro » de la façon la plus honorable pour elle.

S'il affrontait d'une telle insolence l'étonnement des uns et la raillerie des autres, ce ne pouvait être que dans l'espoir de forcer l'attention de la femme aimée.

D'abord avait-elle renoncé irrévocablement à lui ?

Avait-il irrévocablement renoncé à elle ?

Cette double question s'imposait, impérieuse et obsédante, à l'esprit de la jeune femme.

Elle n'osait trop y répondre.

Quand Lilian avait épousé l'honorable Stawett, elle n'avait éprouvé pour son cousin que la sympathie calme et loyale qui lui semblait contenir la somme de sentiments qu'un mari a le droit d'attendre de sa femme. Jamais il n'était entré la dose la plus infinitésimale de romanesque dans son ménage...

Voilà qu'elle était lancée maintenant, et malgré elle, dans du roman, dans de la folie !

Ce que ce malheureux « Rodger » prétendait obtenir d'elle, c'était l'absurdité de l'absurdité.....

Non, non et non ! une personne sensée ne pouvait prendre au - sérieux un pareil ultimatum.

Pourtant, l'Américaine se trouvait serrée entre les deux tiges broyantes de ce rigoureux dilemme : « se soumettre ou renoncer », alors qu'elle entendait ne pas se soumettre et encore moins renoncer, contre toute espérance, à l'espérance.

Tante Elise, confidente muette, recevait les doléances de sa jeune amie, sans pouvoir plus.

Hélas ! ces deux amants ennemis s'entêtaient à ne s'accorder aucune concession.....

Il était une fois un marteau qui s'attaquait à une enclume....

M. de Saint-Lorand, lorsqu'il avait posé à

Mme de Croix-Reigny ses conditions plus que téméraires, avait été suffisamment renseigné par elle pour entrevoir une victoire possible.

Tandis que Lilian plaçait la volonté au-dessus de l'Amour, « Roro » tenait l'Amour pour le Maître du Monde et pour le facteur le plus important de toutes nos actions.

L'Américaine voulait raisonner son cas par la raison.

Le baron le raisonnait par la folie.

C'était un duel sans merci entre la prudente Minerve et l'entreprenant Eros.

« Roro » s'avouait honnêtement qu'il était excessif d'exiger d'une jolie femme qu'elle sacrifiât sa chevelure à un amant outragé. Il pensait en retour que cette femme y consentirait finalement, peut-être, vaincue par la ténacité inexorable qu'il avait déployée. Les plus héroïques soldats se résignent à capituler quand il ne leur reste d'autres ressources que de se rendre ou de mourir sans utilité pour la Patrie.

Fort de cette conviction, notre « Roro » ré-

solut d'aller confesser tante Elise pour se con-
vaincre davantage des dispositions réelles de
l'Américaine.

Sur un terrain aussi dangereux, la prudence
lui interdisait de se risquer à la légère.

— Vilain garçon, demanda la comtesse, viens-
tu m'apporter enfin de meilleures nouvelles ?

— D'excellentes, ma petite tante chérie.

Mme de Croix-Reigny ouvrit les yeux les plus
grands de la terre.

Cette voix joyeuse et douce était celle de son
« Roro » d'autrefois.

— Raconte bien vite, mon enfant !

— Mes affaires...

— Tes affaires ?

— Il serait plus juste de dire « Nos affaires »...
Eh bien, le résultat passe nos espérances.

— Tu me parles hébreu.

— Pas hébreu du tout ! Quoi de plus limpide ?
« Nos affaires » sont celles de la future Société
La Verdinière-Saint-Lorand fondée pour la préparation et la vente de produits vétérinaires et
pharmaceutiques....

— La Société La Verdinière-Saint-Lorand !...
La vente des produits vétérinaires et pharmaceutiques ! Heureusement qu'elle n'est pas encore fondée, votre Société !... Un La Verdinière.... Un Saint-Lorand !

— Parfaitement ! Un La Verdinière ! Un Saint-
Lorand ! Est-ce que votre amie Mistress Stawett
n'est pas directrice d'un chemin de fer, char-
bonnière en gros, marchande de fer et d'acier ?
N'a-t-elle pas des amis qui sont marchands de
peaux de mouton et d'autres que la charcuterie
a enrichis jusqu'au milliard ?

— Mon enfant, nous ne sommes pas en Amérique.

— Plus que vous ne pensez, ma tante.
Demandez au *New-York Herald*, s'il vous
l'accorde, communication de la liste de ses
abonnés de Paris. Consultez un annuaire mondain, vous verrez qu'il existe ici une fort nom-
breuse colonie d'Américains qui ne sont pas des
plus mal logés. Gens aimables et généreux pour
la plupart..... Ils font faire leurs portraits par
nos peintres célèbres. Leurs femmes s'habillent

chez nos grands couturiers et se coiffent chez nos grandes modistes. Les seules démarcations qui existent entre cette féodalité sans blason et notre noblesse (qui n'a plus rien de féodal) c'est la richesse des premiers et la pauvreté plus ou moins relative des seconds. La force tenait autrefois à la pointe d'une lame d'épée damasquinée maniée par un hardi gentilhomme. Elle se tapit sournoisement aujourd'hui dans le coffre-fort d'un banquier ou d'un industriel. Au lieu de gagner des batailles, ma vieille tante chérie, nous gagnerons des fortunes ! Qu'était devenu le baron de Saint-Lorand ? Un petit gentillâtre ruiné que l'on aurait bientôt traité en pique-assiette..... Une bouche inutile dans les salons où l'on y regarde à ses sandwiches et où l'on vous pleure les petits pains au foie gras.... Mais dès que le même M. de Saint-Lorand, le dédaigné « Roro » pourra démontrer par son train qu'il gagne bon an mal an deux à trois cent mille francs...,

Mᵐᵉ de Croix-Reigny s'était tenue debout quelques instants. Elle s'assit très lentement, comme une personne qui se sent incapable de rester sur ses jambes pour écouter de trop fortes énormités.

— Deux ou trois cent mille francs bon an mal an ! répéta-t-elle angoissée. As-tu juré, « Roro », de me rendre folle, ou penses-tu me faire croire.....

— Je me fie aux chiffres d'Hercule.

Cette fois, la première stupeur fit place chez la comtesse à la plus franche gaîté.

— Ah bien ! déclara-t-elle, tu es un peu loin de compte si tes espérances n'ont d'autre base que les évaluations du marquis.

— Bien que la façon de vivre d'Hercule soit d'un sauvage et son langage coloré celui d'un fantaisiste truculent, les calculs commerciaux demeurent des exercices enfantins pour un savant de son encolure, rompu et accoutumé à toutes les difficultés comme à toutes les combinaisons des mathématiques. Avant de se décider à engager des sommes énormes sur la publicité du « Monsieur », il avait monté très sagement, très prudemment, l'affaire de « La Tisane des Toutous ». C'est sur cette première expérience qu'il a calculé les dépenses à prévoir pour sa nouvelle opération. Le jugez-vous plus raisonnable, maintenant que je vous ai expliqué en gros sa méthode de travail?

— Je crois, « Roro », qu'un vieux Parisien qui serait mort sous la Présidence du Maréchal et qui reviendrait passer ici un hiver et un printemps ne reconnaîtrait plus ni Paris ni ses habitants. Un homme qui aurait raisonné comme raisonnent les hommes d'aujourd'hui aurait passé pour un animal féroce ou pour un monstre d'immoralité.

— Je n'en disconviens pas.

— Et tu ne regrettes rien ?

— Que pèseraient mes regrets? On ne peut pas jouer éternellement la même pièce. Les vieux acteurs disparaissent de la scène ; d'autres les remplacent. C'est la vie ! Il y a des siècles ternes. Il y a des siècles tumultueux et téméraires. Celui-ci est probablement de ceux-là. Je trouve charmante une promenade dans une confortable victoria attelée de deux beaux chevaux, si je n'ai à me soucier de rien de plus urgent que du plaisir de la promenade dans les allées ombreuses d'une forêt solitaire ; mais, si je cours à des affaires urgentes, à des rendez-vous sérieux, je sais que les heures sont brèves, les concurrents nombreux et remuants. Je lâche la victoria pour l'auto trépidante qui me permet de tripler, de quadrupler le rendement de mon travail.

— Le rendement de ton travail ! Le ren-dement du travail de « Roro » ! Ah Seigneur Dieu ! se récria la tante Elise en retirant ses lunettes et en se frottant les yeux pour voir plus clair.

— Ce que je vous dis là — je le sais — n'est ni sentimental ni poétique. Oui, cette évolution de l'homme des classes supérieures vers le travail, vers l'usine fumante, vers les sombres galeries de la mine, est contraire à l'esprit de notre vieille société, à l'élégance des salons d'autrefois, aux lectures recueillies, aux conversations élevées ou brillantes, aux coutumes d'une aimable politesse et au formalisme d'une étiquette sévère. Hommes et femmes vivent chacun de leur côté. Les femmes ne voient plus guère leurs maris. Les mères ne rencontrent plus que de temps en temps leurs fils. Pas moyen, ma tante, d'agir autrement dans l'atmosphère d'énergie et de haute pression des grandes villes! Les princes eux-mêmes nous donnent l'exemple. Le roi Léopold a travaillé, sinon plus, tout au moins autant qu'un businessman anglais ou yankee. Du moment que les rois s'en mêlent...

—Tais-toi, Roger. Ton langage et tes idées me font souffrir. Ta prétendue clairvoyance m'épouvante. Ce travail qui devient une loi, une tyrannie universelle, communique sa dureté, son inflexibilité au caractère et à la volonté. Laisse-moi parler franchement, mon enfant, et n'oublie pas que je suis la sœur de ta pauvre mère.....

— Je ne l'oublie pas un instant, ma tante, mais n'essayez pas de m'influencer dans ma conduite par des raisons de sentiment pur. Je ne cesse pas de vous aimer de la même affection Je sens tout ce que votre âme si tendre et si bonne doit endurer au contact et au heurt d'un

monde qui a perdu toute ressemblance avec celui où vous avez tenu la place la plus aimable et
la plus flatteuse. Je vous en admire davantage
et je serais heureux de vous faire plaisir, si la
chose était en mon pouvoir, au lieu de vous at-
trister par mon nouveau genre de vie et de
vous choquer par mes opinions toutes ré-
centes.

Ce langage était pavé, comme l'enfer, de
bonnes intentions et notre « Roro » l'avait tenu
de sa voix la plus câline.

« Bon ! pensa Mme de Croix-Reigny, mon garnement a fait le rodomont pour ménager son
amour-propre. Il vient me demander de lui
tendre la perche. Allons au devant de ses intentions. »

— Vraiment, Roger, reprit-elle, tu veux me
gâter un peu et me rendre heureuse ?

— Certainement, ma tante chérie, répondit-il
d'un ton assez caressant pour achever d'émouvoir délicieusement le cœur de la comtesse.

— Alors, mon cher enfant, réalise mon vœu

le plus cher en me facilitant une tâche que je voudrais avoir déjà accomplie.....

— Et vous désirez ?

— Que tu mettes un terme à un conflit absurde en épousant Lilian qui t'aime, qui reconnaît loyalement ses torts et qui t'en demande sincèrement pardon.

Roger savait ce qu'il désirait savoir...

Son jeu avait admirablement réussi.

— Ma pauvre tante, reprit-il avec une candeur merveilleusement feinte, vous oubliez un point d'une importance capitale : Mistress Stawett ne m'aime plus ou ne m'a jamais aimé...

— Lilian ne t'aime plus ! Elle ne t'a jamais aimé ! Que signifie cette nouvelle plaisanterie ?

— Je ne plaisante pas en une circonstance aussi grave. Mistress Stawett est une femme extrêmement positive. Elle connaît donc la valeur de la parole d'un gentleman.

— Un galant homme doit revenir gracieusement sur une absurdité, s'il en a commis une.

— Et alors Mistress Stawett aimerait et

épouserait vaillamment un Monsieur qu'elle a tourné en ridicule, qui manquerait à sa parole. et qui reconnaîtrait qu'il a été absurde, ainsi que vous me l'indiquez, en exigeant la seule réparation qui puisse lui assurer l'estime de sa femme ?

— Mais la pauvre Lilian t'accorde cent fois, mille fois plus que tu ne mérites.

— Ceci est une affaire d'appréciation toute personnelle dont je vous abandonne la responsabilité.

— Je tiens absolument à votre bonheur à tous deux. Autrement, il y a beau jour que je lui aurais conseillé de ne plus s'occuper de toi et de t'oublier...

— Si vous lui aviez conseillé ça, elle ne vous aurait pas écoutée.

— C'est toi qui le dis !

— Je vous assure, ma tante, que je vous remets dans la bonne voie. Mistress Stawett est une belle personne autoritaire et volontaire. Elle aurait envoyé au Diable la tante et le neveu dans le cas où elle eût décidé de rester intraitable. Elle ne rompt pas. Donc elle lutte. Elle lutte contre elle-même... Lutter contre soi-même est chose pénible et dangereuse. Les diplomates qui proposent de causer sont des gens qui se raccrochent à tous les moyens de ne pas faire la guerre parce qu'ils savent qu'ils ne sont pas en état de la soutenir. Il faut, pour qu'ils se résignent à laisser la parole au canon, que les hostilités soient commencées et que la cavalerie ennemie ait franchi la frontière. Mistress Stawell a reconnu ses torts. C'était le plus difficile à obtenir, surtout d'une femme et d'une femme de cette trempe !

— Voyons, « Roro », sois raisonnable ! Puisque tu reconnais que l'on t'a accordé les satisfactions morales....

— M'arrêter en chemin ? Non, certes. Gagner la bataille et perdre sciemment le fruit de la victoire ? Moins encore ! Lilian est brave jusqu'à l'intrépidité et elle reculerait devant un sacrifice moins douloureux que bizarre ? Il ne m'est pas possible d'admettre un instant une supposition aussi gratuitement injurieuse pour un cœur tel

20*

que le sien. En amour, ma tante, le renonce-
ment et le sacrifice sont les plus adorables
sources de volupté pour une âme de femme.
Aimée, adorée, divinisée dans votre jeunesse,
vous ne savez pas, non, vous ne pouvez pas savoir ce qu'est la noble joie de souffrir et de
pleurer. Ne plaignez pas votre chère Lilian!.....
En ce moment, elle vit des jours admirables
dont vous ne pouvez saisir l'indicible beauté....
Croyez-moi, je vous en supplie..... Ne déran-
geons pas son bonheur !

Mme de Croix-Reigny était fort embarrassée
en ce moment. Cette escrime appartenait à une
école dont la nouveauté déroutait les principes
de toute sa vie ; mais ce jeu inconnu pour elle,
ce jeu rude, violent, où une dialectique tran-
chante et d'impitoyables calculs remplaçaient le
langage et le lyrisme de la passion ainsi que les
tendresses et les raffinements de la galanterie,
oui, ce jeu (dont elle ignorait du tout au tout les
secrets, la méthode et les combinaisons) la frappait par sa précision, son assurance et sa fer-

meté. La bonne comtesse supposait aussi que
« Roro » obéissait à trois sentiments à la fois : à
un amour vivace, en dépit de tout, à l'ambition,
au plaisir de vaincre. Ces deux derniers sentiments ne s'adaptaient-ils pas trop bien à l'état
d'âme d'un jeune homme fier et courageux que
le monde avait méconnu, que la vie venait de
cruellement traiter, et qui bataillait ardemment,
décidé à prendre revanche sur toute la ligne.

Roger ne se contentait plus de triompher du
cœur de Lilian.

Il entendait triompher des dernières résistances de l'amour-propre de celle-ci.

Mᵐᵉ de Croix-Reigny était trop juste et trop
expérimentée pour ne pas apprécier ce qu'il y
avait d'humain sous l'apparence d'une telle ex-
centricité.

Elle mesura ainsi, mais tardivement, l'étendue
de l'erreur qu'elle avait commise en prenant
« Roro » pour un adversaire peu dangereux et
en le renseignant trop exactement sur les vrais
sentiments de sa jeune amie.

Tout en ne demandant qu'à travailler à la réconciliation, la comtesse ne pouvait ni ne voulait, non plus, faire le jeu de son neveu sans
trahir et irriter la belle Américaine.

Il lui était tout aussi impraticable (elle ne le
voyait que trop !) d'essayer d'amener M. de
Saint-Lorand à composition.

— Je ne veux plus t'écouter, mauvais sujet,
déclara-t-elle. Tu m'épouvantes et je suis d'un
temps trop différent du tien pour m'estimer capable de me former une opinion sur le résultat
d'un conflit que tu t'obstines à prolonger. Ce
que je puis te dire cependant, c'est que Mistress
Stawell n'est pas plus disposée que toi à céder ;
et je crains, pour ta gloriole, que tu n'aies trop
présumé de ses bonnes intentions. J'aperçois
surtout de fortes chances pour que tu lasses
cette femme de cœur..... Et alors elle t'en-
verra promener pour ta juste confusion.

— Les voyages me distrairont.

— Les voyages ?

— D'ici quelques semaines, Hercule me prépare une grande tournée d'inspection. Je visiterai nos correspondants, nos dépositaires. Je stimulerai leur zèle. Je les évangéliserai. La fièvre du mouvement, la fièvre du travail procureront à mon cœur déchiré la diversion salutaire, sinon l'oubli...

— Roger, cette comédie tourne à l'inconvenance.

— Je vous jure, ma tante, repartit le jeune homme, qu'il n'y a point de comédie. Toute la vérité, je vais vous l'exprimer en très peu de mots : dans la situation où nous sommes, Lilian et moi, je ne puis ni ne veux reculer.

Et le baron laissa la comtesse sous l'effet de cette ultime déclaration, jugeant que l'on avait très suffisamment causé ce jour-là.

XX

UN PARI

Le monde est une comédie qui se
joue en différentes scènes.

BOSSUET.

La calvitie de M. de Saint-Lorand avait produit sur l'heure un effet sensationnel au Club des *Bonnes Truffes* .

Notre « Roro » avait été l'un des membres les plus assidus et les plus influents de ce Cercle rigoureusement *selected* tant qu'avait duré sa demi-richesse.

Le prince de Bithynie, personnalité de premier rang dans l'aristocratie parisienne, présidait le Club.

Célèbre par ses amours, son luxe et ses ex-
centricités, ce maître de nos élégances était
l'enfant chéri du Faubourg en même temps que
l'idole des parvenus qui, incapables d'égaler sa
grâce hautaine et ses allures de grand seigneur,
essayaient, faute de mieux, de les contrefaire,
à sa grande joie, à son profit plus grand encore,
car il poussait au sublime la plus superbe impertinence dans ses méthodes d'emprunter ou
(comme l'on dit au Pays bohème) dans l'art de
« taper ».

Les échos de la presse mondaine, illustrés
du caricatural crayon d'un Sem ou d'un Losques,
avaient introduit, presque jeune et très fringant,
ce moderne Alcibiade dans le Panthéon fragile
de l'histoire légère du Plaisir.

Le prince avait particulièrement honoré
M. de Saint-Lorand, gentilhomme de race, de
sa très superficielle et très recherchée amitié,
tant que le baron besognait à se ruiner de la
façon la plus galante. S'il avait légèrement battu
froid à « Roro », ce n'était point parce que celui-ci était devenu pauvre — ce qui est la des-

tinée réservée à la majorité des viveurs — mais
parce que son jeune ami avait voulu « se refaire »
par le travail. Procédé déplorablement inesthé-
tique et souverainement incorrect !

La rentrée de « Roro » dans le monde du
plaisir, son retour au vrai Code du Chic avaient
rétabli *de plano* les excellents rapports d'autrefois.

Un seul point chagrinait le prince de Bithynie,
c'était la calvitie de M. de Saint-Lorand.

Fier de sa belle chevelure châtain-clair, bouf-
fante et mollement bouclée sans l'intervention
du fer, qui lui donnait l'air d'un héros de Balzac
ou de l'un de ces « lions » que Gavarni excellait
à camper dans ses lithographies si aimées de
Sainte-Beuve et des Goncourt, le prince refusait
toute élégance, toute beauté aux indépendants
ou aux goujats qui n'adoptaient pas sa coiffure.

Il était désolé de ce que Roger eût perdu ses
cheveux. Certes, il ne lui eût pas conseillé de
porter perruque (remède plus affreux que le
mal !) mais, quand il fut obligé de connaître, par
le tout-puissant effet d'une réclame à vous cre-

ver les yeux, que le « Monsieur » venait de
« trouver le secret », il invita son ami « Roro »
à expérimenter l'invention nouvelle.

Ce petit colloque eut pour témoins quelques-
uns des membres les plus huppés des « Bonnes
Truffes » : le général de Cordilis, le vieux duc
d'Héliostramo, le prince de Thiérache, lord
Wellwell, le banquier Woodney, le comte de
La Sparterie, etc., etc.....

Profitant du moment où ces personnalités du
plus joli gratin se trouvaient réunies autour du
prince de Bithynie, Roger se joua fort habilement de cette brillante galerie.

Il déclara qu'il ne croyait pas plus au secret
du « Monsieur » qu'à toutes les autres drogues
inventées avant celle-là et qu'il n'irait pas s'appliquer sur le crâne cette lotion si tumultueuse-
ment fanfarée.

— Cher ami, insista le prince, essayez, je
vous en prie, par amitié pour moi et par respect
pour votre visage..... Ce matin, mon coiffeur
m'affirmait encore que cette préparation était
merveilleuse et que son emploi ne présentait

aucune difficulté ni aucun inconvénient. Si vous y consentez, pour rendre l'épreuve plus intéressante, je vous parie mille louis que le « secret du Monsieur » fera repousser vos cheveux.

L'occasion était magnifique.

Le cœur de Roger bondit de joie.

— En combien de temps le « secret du Monsieur » me rendra-t-il ma chevelure d'autrefois ? demanda-t-il du ton le plus impassible.

— Nous fixerons un délai de trois mois.

— C'est convenu, repartit le baron. Je tiens le pari. Au bout des trois mois convenus, vous me reverrez aussi chauve que je le suis aujourd'hui. Peut-être même un peu plus !

Cette boutade amusa tout le monde, excepté le comte de La Sparterie qui tirait nerveusement la pointe de sa moustache, tout en pensant probablement à quelque chose d'une bien autre importance. Mais on se peut tirer la moustache avec nervosité devant une demi-douzaine de notoriétés parisiennes sans que cela tire aucunement à conséquence.

Le marquis de La Verdinière fut prévenu sur le champ de cet événement inespéré.

Enchanté de la nouvelle, il embrassa joyeusement sur ses souples mèches frontales le chien Kiki, confident privilégié de ses joies intimes ; puis, tout aussitôt, il décida de rouvrir le feu de la publicité des grands jours.

Le grand Paris qui pense et l'énorme Paris qui ne pense pas apprirent ainsi que le baron Legril de Saint-Lorand, devenu subitement chauve, avait tenu le pari que l'on sait contre le prince de Bithynie.

Cette information insérée dans toutes les chroniques de l'élégance dérida l'ancien et le nouveau continents. Elle fut plus profitable au célèbre produit que toutes les attestations réunies des membres les plus distingués du corps médical. Le monde où l'on est chauve (qui est généralement le plus fortuné) se rua dans les salons de coiffure et dans les boutiques de parfumeurs.

Les gens qui tentaient l'emploi de la lotion miraculeuse, pour faire disparaître la calvitie dont ils étaient atteints, étaient innombrables. Plus nombreux encore étaient ceux qui se passionnaient au sujet de l'invention nouvelle et en discutaient admirablement la puissance curative.

L'exemple du prince de Bithynie et du baron entraîna les parieurs du monde entier. Les joueurs pontaient pour M. Legril de Saint-Lorand ou pour le prince avec autant d'entrain qu'à propos de l'élection d'un Président de République aux Etats-Unis ou d'un match de boxeurs nègres.

D'innombrables paris s'échangèrent ainsi sur toute la surface du globe.

En Hollande, deux collectionneurs parièrent deux tulipes dont il étaient les uniques possesseurs et qui valaient, la pièce, 50,000 francs de notre monnaie.

(Seigneur, que cela vaut cher la tulipe rare, si l'on songe aux gens qui achètent de leurs derniers sous un boisseau de charbon pour mourir d'asphyxie, parce qu'on n'en finit plus de mourir de misère et de faim!)

A Londres, un lord écossais joua sa splendide écurie de courses contre la non moins splendide écurie d'un lord anglais.

A Chicago, le Roi des Porte-monnaies hasarda un million de dollars contre le Roi des limes à ongles, au lieu de songer à fonder un hôpital réservé aux invalides du Travail.

Des financiers proposèrent à M. de La Verdinière de mettre son affaire en actions. Ah les beaux coups de Bourse ! Un liquidateur chercha, d'autre part, à lui démontrer les magnifiques avantages d'une faillite colossale.

Inutile d'ajouter que le marquis ne voulut rien savoir de ces offres alléchantes.

Tout allait au delà des vues les plus optimistes de l'inventeur.

Un jour même, notre fortuné chimiste reçut la visite de l'ambassadeur d'une grande puissance.

Ce haut diplomate venait lui demander, de la part d'un empereur, de se rendre à l'une des résidences cynégétiques de Sa Majesté pour porter le secours de sa Science à un jeune basset d'une souche inestimable, gloire du chenil impérial !

Le marquis consentit, à condition de ne point recevoir d'honoraires, fit le voyage à ses frais, sauva le basset et, en récompense de ses peines et soins, en raison de sa naissance et de son nom, fut reçu en audience privée par le monarque qui lui remit de son auguste main l'ordonnance et le brevet lui conférant le titre d'Archi-Vétérinaire français des chenils de Son Impériale Majesté ainsi que la plaque en diamants de l'Ordre de Saint-Conrad.

XXI

LA CALOMNIE

> Le Pape Adrien condamna les ca-
> lomniateurs à être fouettés.
>
> (*Dictionnaire.*)

Six semaines après le petit événement mondain dont les conséquences avaient été déjà si
profitables au lancement de la lotion du
« Monsieur », Roger de Saint-Lorand avait
retrouvé tous ses cheveux et perdu les mille
louis engagés, que le prince de Bithynie empo-
cha sans aucun déplaisir.

Hercule de La Verdinière prescrivit d'urgence à ses agents de publicité de ne pas
perdre un instant pour faire connaître le résul-

tat du fameux pari dans les gazettes de la Mode et dans les chroniques mondaines.

Les agences parisiennes télégraphièrent ou câblèrent partout le résultat de cette cure sensationnelle sur laquelle des sommes colossales avaient été engagées. Si M. de La Verdinière avait parié sur l'efficacité de son invention, il eût réalisé du coup une fortune féerique ; mais Hercule n'était pas homme à user de semblables moyens.

M. de Saint-Lorand étant un personnage archiconnu, puisque son nom avait été imprimé des milliers de fois à propos de toutes les manifestations de la haute vie parisienne, il s'agissait bel et bien d'une cure évidente, d'une cure authentique, sur l'un des crânes les plus notables de cette élite de la « fête » que l'on a appelée, pendant de longues années, de ce joli nom : La « Gentry ».

En notre pays de République, tout le monde, à propos de n'importe quoi, a le mot d'égalité à la bouche, sans paraître se douter de ce qu'il exprime de chimérique, de faux et de dangereux. De nombreux bourgeois : industriels qui s'affirment résolument démocrates, riches commerçants qui jugent l'aristocratie, ou, pour mieux dire, toutes les aristocraties pauvres du haut de leurs mirifiques inventaires, gens habitués et résignés depuis longtemps (pour la plupart) à la parfaite nudité de leur chef, s'empressèrent d'employer la lotion inventée naguère par le tant oublié médecin Claude Martinot, moins pour reconquérir (ces Jasons !) l'opulente toison de leur plus ou moins belle jeunesse que pour se vanter dans leur famille, devant leurs clients ou leurs fournisseurs, de suivre le traitement incomparable qui avait si bien réussi à M. de Saint-Lorand.

Le nom du baron « Roro » voltigeait à tout propos sur leurs lèvres heureuses et l'on eût cru, à entendre ces chauves si glorieux, qu'ils étaient de ses intimes et qu'il leur avait conseillé, parlant à leur personne, ainsi que rédigent en leur grimoire mal intelligible certains officiers ministériels, d'user du fameux produit du « Monsieur qui vient de trouver le secret ».

Roturiers, petits propriétaires (soient-ils radicaux ou socialistes?) ne s'estiment-ils pas supérieurs à eux-mêmes de compter un baron dans leurs relations ou d'avoir un ami millionnaire qui vient les voir ou qui les promène dans une limousine de quarante mille francs?

Par ce concours de circonstances propices, M. de Saint-Lorand touchait à cette popularité qui est le billon de la gloire, sans avoir levé le petit doigt pour l'obtenir, tandis que le marquis Hercule réalisait chaque jour à Courbevoie des bénéfices de plus en plus phénoménaux.

Ces péripéties accumulées avaient totalement désarçonné la bonne comtesse de Croix-Reigny.

Débarquez à Paris une brave septuagénaire bretonne qui ne connaît d'autres magnificences que celles de son chef-lieu de canton ou que la monotonie quasiment déserte de sa route départementale, faites-lui traverser, pour ses débuts sur notre asphalte, le boulevard, à la sortie des théâtres, ou le carrefour Drouot, à n'importe quelle heure, elle ne serait pas plus effarée, plus affolée, plus perturbée que ne fut tante Elise, plongée soudainement dans un bain d'ultra-modernisme violemment barègé de *business*.

La belle Lilian, qui connaissait à fond les dessous de cette ingénieuse combinaison commerciale, était émerveillée. Lequel était le plus fort des deux acolytes ? Le marquis, avec ses façons bourrues de grand diable, ou le gentil « Roro » avec ses airs de ne pas y toucher ? Grand eût été son embarras avant que de se prononcer. Tout de même, son esprit et (pourquoi pas aussi ?) son cœur penchaient en faveur du baron.

Il y avait, d'autre part, un personnage que ce branle-bas avait fortement intrigué. Ce personnage, l'un des témoins du pari conclu entre le prince de Bithynie et M. de Saint-Lorand, était -le comte de La Sparterie, homme avide, ambitieux, qui occupait à trente-cinq ans une haute situation dans un grand établissement de crédit et qui cherchait par tous les moyens à s'élever au premier rang dans le monde financier.

Les millions et la beauté de la jeune veuve

22

l'avaient rendu profondément rêveur. De la beauté, des millions, quel poème pour un ambitieux ! Depuis longtemps ce financier aux vues et aux dents longues avait donc manœuvré lentement, prudemment autour de Lilian, espérant lui inspirer confiance par sa gravité, par sa réputation d'économiste et d'administrateur émérite, sans que ses affaires en avançassent d'un pas. L'unique résultat qu'il obtint fut de ne pas offrir à la jeune veuve un motif de l'éconduire, comme tant d'autres, plus impatients et un peu trop aventureux.

Ce ténébreux tacticien se livrait depuis plusieurs mois à ce savant et inutile manège, quand l'entrée en scène de « Roro » vint lui causer sa première inquiétude sérieuse. Le comte marqua tristement les rapides progrès de ce jeune homme très sympathique à oncle Woodney et si chaudement patronné par tante Elise.

Une amitié si vivement nouée entre une belle Américaine et un très séduisant Parisien ne pouvait être que le chemin le plus direct vers l'Amour.....

La disparition soudaine de Roger avait bientôt prouvé au comte combien ses craintes étaient légitimes. La délicatesse de sentiments du baron permettait à un rival clairvoyant de discerner le réel motif de ce brusque départ ; mais cette absence, ce désintéressement joints aux bonnes dispositions non voilées de Lilian, à la protection de Mme de Croix-Reigny et du banquier Woodney, apportaient de magnifiques atouts au jeu de cet heureux Roger, plus redoutable que jamais malgré toute la peine qu'il se donnait pour se faire oublier.

Lorsque le baron avait reparu dans le monde, aussi « argenté » que chauve, M. de La Sparterie opta pour l'interprétation la plus agréable à son intérêt personnel.

Radicalement guéri (à moins qu'il n'eût jamais sérieusement aimé) « Roro » avait réalisé sans doute un héritage et s'apprêtait à le dévorer comme il avait dévoré précédemment son patrimoine.

Les hommes sérieux, ou qui s'appliquent à être pris pour tels, manquent d'indulgence à l'égard des oisifs.

M. de La Sparterie pensa que le jeune baron ne valait pas l'estime qu'il lui avait prématurément accordée et que ce jeune viveur, attaché à l'existence de plaisir par une longue habitude, avait reculé devant l'obligation de sacrifier ses goûts et sa liberté à l'amour d'une femme aussi volontaire et aussi positive que Mistress Stawett.

L'affaire du pari fortifia M. de La Sparterie dans sa malveillance.

Il essaya en toute hâte d'en tirer le parti le plus perfide auprès de Lilian et de lui ouvrir les yeux sur la conduite plus qu'étrange de son cher « Rodger ».

Animé de cette charitable intention, le comte courut donc conter *tout de go* à Mistress Stawett la scène à laquelle il avait assisté au Club des « Bonnes Truffes », employant sa science consommée dans l'art de médire à assaisonner son récit des commentaires les plus venimeux.

Selon sa déloyale version, la comédie avait été montée de connivence par les deux compères.

Roger, dans sa situation précaire, pariant mille louis, quelle invraisemblance ! D'où lui serait tombé cet argent? Et, de la part du prince de Bithynie, riche de dettes, ne possédant pour toute ressource que la pension assurée par sa femme dont il était séparé, ne soldant ses fournisseurs que par l'honneur qu'il leur octroyait en les adoptant et en les chaperonnant publiquement, ne pouvait-on tout supposer, tout soupçonner?

Les mille louis versés par Roger représentaient indubitablement le prix de la gratitude de l'inventeur de la célèbre lotion. Certes, si M. de La Sparterie avait su (ce que savait fort bien Lilian) que cet inventeur n'était autre que le marquis de La Verdinière, associé de M. de Saint-Lorand, il eût été fermement convaincu que la calomnie qu'il avait inventée s'était muée en vérité toute pure.

Contre l'attente de son interlocuteur, Mistress Stawett n'apprécia que médiocrement la qualité des scrupules que l'on s'efforçait traîtreusement de lui suggérer. Toute la question de probité et d'honneur se résumait, d'après son jugement, dans l'efficacité du remède. Ce remède

22*

fameux tenait-il ses promesses ? Rien de plus licite que de mettre en œuvre les moyens les plus
utiles à le répandre et à divulguer ses vertus.
Quand même. ce retentissant pari n'aurait été
qu'une comédie machinée secrètement, en quoi
cela nuisait-il à quiconque ? Le prince avait peut.
être joué le rôle qu'on lui prêtait ; ce n'était pas
lui, assurément, qui avait proposé l'affaire. Alors,
du moment que le marquis Hercule avait estimé
la valeur de ce noble concours à mille louis, c'est
que ce concours les valait et les représentait. Autrement M. de La Verdinière n'aurait pas donné
son argent. Ce marché était d'une nature toute
spéciale, évidemment ; mais quoi de plus licite
— et de plus régulier?

Rien de ce pacte, en admettant le pacte, ne
pouvait choquer le réalisme d'une fem   levée
dans un monde où l'on cotait les hommes et les
choses à leur valeur négociable.

En se flattant de ruiner Roger dans l'esprit de
la belle Lilian, m.   La Sparterie alla précisément à l'opposé du but qu'il poursuivait.

Dès qu'elle eut poliment congédié ce soupirant masqué dont elle avait démêlé sans nulle peine les arrière-pensées, Lilian renaquit et son cœur déchiré retrouva du même coup l'espérance et la joie.

Si « Rodger » bataillait avec tant de vaillance, s'il poursuivait si âprement, si habilement et si spirituellement la fortune, s'il devenait un très original *businessman*, en demeurant très parisien et grand seigneur, s'il s'américanisait par certains côtés, par l'acquisition de qualités bien de sa race à elle, c'était pour lui plaire davantage, pour la charmer, la conquérir comme un trophée !

En vérité, s'il s'opiniâtrait à exiger d'elle un sacrifice, une amende honorable, c'est qu'il voulait la vaincre avant de l'obtenir...

Un symbole, cette lutte..... le symbole de la lutte éternelle des deux sexes combattant sans merci pour parvenir à se dominer l'un l'autre !

Le pauvre avait repoussé l'offrande de la riche. Le pauvre prétendait rester le maître. Et la belle veuve éprouvait une indicible volupté à l'idée de se laisser vaincre, sachant bien qu'après la victoire le vainqueur deviendrait le vaincu : l'esclave trop heureux de se remettre volontairement sous le joug de la femme adorée et divinisée.

— Qu'elles étaient douces, les pensées de Lilian sur le point de céder aux conseils chuchotés par l'Amour !

Elle se souriait à elle-même... Mais son sourire fut réfléchi par une grande glace... Elle se vit. Elle se vit radieusement transfigurée par son bonheur et si belle que... Non, non, toute sa coquetterie de femme s'insurgea contre le vandalisme, contre la mutilation, contre le sacrilège qu'on s'obstinait à lui imposer.

— Ah ! gémit-elle en se laissant tomber sur une chaise longue, s'il était là, s'il me voyait en ce moment, s'il savait que mon cœur ne bat plus que pour lui, il oublierait, il pardonnerait à la méchante, à la folle qui l'a si stupidement blessé...

Elle cacha son visage dans ses belles mains fines.....

Elle parvenait à l'heure de la crise suprême où la femme longtemps indécise, et qui aime, perd la faculté de savoir ce qu'elle veut ou ce qu'elle ne veut pas...

Quand Mistress Stawett eut retrouvé un peu de calme, elle médita plus sérieusement sur la visite qu'elle venait de recevoir et sur les mauvais propos qu'on lui avait tenus.

Elle prit peur...

Les confidences de M. de La Sparterie l'effrayaient moins que le caractère violent, sournois et haineux du financier.

En accourant lui débiter ses fleurettes empoisonnées, cet homme cherchait évidemment à déconsidérer et même à déshonorer « Rodger » à ses yeux.

Il voulait supprimer un rival trop dangereux : le seul homme auquel Lilian, sous les auspices de tante Elise, avait accordé publiquement la faveur de son intimité et la grâce de sa sympathie.

Le coup n'avait point porté sur elle. Soit !

M. de La Sparterie ne se tiendrait pas pour

battu sur un premier échec. Il allait de toute évidence renouveler la tentative.

Quelle prise le prince et « Roro » ne donnaient-ils pas sur eux ?

Le prince vivait d'expédients que l'on aurait parfois qualifiés plus sévèrement, s'il n'avait été l'enfant terrible et l'enfant gâté auquel on pardonnait tout.

Ruiné, puis redevenu riche, en apparence, sans que l'on en connût la cause, « Roro » prêtait le flanc à des critiques tout aussi désobligeantes.

La Sparterie avait la partie trop belle !

Ne pouvant perdre le baron dans l'esprit de celle qu'il aimait, il lui était facile de le perdre dans l'esprit du monde, toujours porté à croire au mal.

Avec l'instinct de la femme qui cherche à tout prix à sauver son amour, Lilian pensa d'abord à prévenir le prince de Bithynie des commérages blessants qui couraient sur son compte ; mais elle ne persista pas dans cette résolution qui eût été néfaste.

Lâcheté insigne par laquelle elle eût substitué

à Roger un tiers dans le soin de se défendre et de parer les coups !

Plus la jeune veuve cherchait à préserver M. de Saint-Lorand de l'orage qu'elle entendait gronder dans le lointain et plus elle sentait vivement la nécessité de laisser les destins s'accomplir.

Dans cette impuissance qui avivait ses regrets, elle se désolait de n'avoir pas cédé à l'absurde volonté de « Rodger ».

Si elle lui avait cédé, n'aurait-il pas trouvé dans son obéissance la preuve la plus admirable de l'amour le plus entier et le plus vrai ?

Avec un peu de complaisance (elle en arrivait là, la pauvre belle affolée !) tout eût été réparé.

Ils s'aimeraient... Ils seraient l'un à l'autre, heureux, paisibles, au lieu de se débattre dans les dangers et les intrigues.

Hélas ! pourquoi n'était-elle pas Française ?

Pourquoi avait-elle encore le pied si peu parisien ?

Mistress Stawett commençait pourtant à devenir plus parisienne qu'elle ne pensait l'être,

puisqu'elle avait appris déjà à aimer, à souffrir
et à craindre...

L'Américaine, malgré son habileté à se com-
poser un air de visage impassible, ne pouvait
dissimuler complètement les appréhensions qui
la bouleversaient.

Tante Elise aimait trop sa nièce « à la mode
du cœur » pour ne pas remarquer sa tristesse et
son abattement.

Mme de Croix-Reigny pressa vivement Lilian.
Celle-ci ne demandait qu'à être bien faiblement
violentée pour libérer sa conscience du poids
qui la chargeait, heureuse de se confesser à sa
vieille amie, espérant que la bonne comtesse
saurait tout arranger avec sa dextérité éprouvée.

Quand la jeune femme eut terminé le récit de
la visite qu'elle avait reçue du comte de La
Sparterie, Mme de Croix-Reigny se redressa dans
un véritable mouvement de majesté.

L'expression de son doux et aimable visage
se métamorphosa en quelques secondes.

Non, ce n'était plus la grande dame désireuse

de plaire et de faire oublier par le charme et
par la bonté une vieillesse qui, tout en respec-
tant la finesse de ses traits et la grâce de son visage, la clouait sur sa bergère pendant d'interminables heures..... A cet instant, où le nom
de l'un des siens était effleuré par la calomnie
d'un rival intéressé, c'était l'aïeule, c'était la
gardienne du bon renom de sa race, la prêtresse
dévotieuse de la religion de l'honneur qui se
dressait devant Mistress Stawett bouleversée.

— Mieux vaut qu'il en soit ainsi, fit-elle sur
un ton de glace. Après cette sotte algarade,
M. de Saint-Lorand saura imposer silence à qui
mérite leçon et cela mettra un peu proprement
terme aux déplorables incorrections dont nous
avons été les témoins attristés. Toutes ces.....
modernités devaient mal finir.

Cette fermeté, cette assurance d'être respectueusement obéie, cette bravoure héroïque chez
la plus calme et la plus souriante des femmes
émurent au plus haut degré la belle étrangère.

Elle vit passer devant son regard ébloui l'âme

23

de la vieille France chevaleresque et fière qui se reconquiert aux heures de péril et qui fut assez robuste, assez vibrante, pour survivre aux ruines grandioses du passé, et aux secousses des révolutions.

Mistress Stawett avait tremblé comme une simple femme à l'idée du péril qui menaçait l'homme auquel il ne lui était plus possible de disputer son cœur.

Maintenant elle était subjuguée par une noblesse et une élévation de sentiments qu'elle n'avait point encore eu l'occasion de voir mettre en pratique.

Emportée par l'émotion, la tendresse et l'admiration, elle tomba aux genoux de la comtesse et prit ses mains qu'elle couvrit de baisers et qu'elle mouilla de larmes.

— Relevez-vous, ma Lilian, reprit Mme de Croix-Reigny en la regardant avec une tendresse maternelle et en la pressant contre sa poitrine. Remettons-nous entre les mains de Dieu ! Demain matin, vous viendrez me prendre à huit heures. Nous irons entendre la messe. Nous prierons et nous communierons toutes deux.

XXII

LE SACRIFICE

> Tout est sacrifice, tout est oubli de soi
> dans le dévouement exalté de l'Amour.
>
> Mme DE STAËL.

Deux jours plus tard, à la fin d'un combat furieux qui impressionna profondément les rares spectateurs présents et appartenant presque tous au monde de l'escrime ou de la Presse, M. de La Sparterie était blessé à l'avant-bras et Roger de Saint-Lorand recevait en pleine poitrine un solide coup d'épée qui faillit de peu le mettre à mal.

Mme de Croix-Reigny se roidit et contint dans

une résignation toute chrétienne son immense
douleur ; celle de Lilian fut déchirante.

Les médecins n'ayant pas osé donner un dia-
gnostic, la malheureuse jeune femme s'accusait
d'être la cause de la mort imminente du pauvre
« Rodger ». En même temps elle se reprochait
la faiblesse, la lâcheté sous le malheur qui l'acca-
blaient, alors que tout le monde, autour d'elle,
offrait l'exemple de la plus noble fermeté.

Quand Lilian fut à peu près remise, quand elle
eut retrouvé son sang-froid, elle se fit conduire
à Courbevoie.

Elle y trouva Hercule tout pâle, mais souriant
de ses yeux tendres où brillaient encore les traces
des larmes qu'il avait versées.

Le chimiste avait entendu l'auto stopper devant
l'entrée de l'usine.

Il avait vu la fière Mistress Stawett, dé-
faillante, traverser la cour aux vieux arbres
décharnés.

Dès qu'elle eut ouvert la porte du laboratoire,
Hercule, sans prononcer une parole, car toute

parole eût été vaine à cette minute tragique, Hercule lui tendit une dépêche... la dernière dépêche qui venait de lui être adressée de la maison de santé.

— Ah ! s'écria Lilian, avant d'avoir pris connaissance du papier chiffonné et humide qui lui était tendu, je lis dans vos yeux qu'il est sauvé !

— *Foui !* gémit d'une voix étouffée M. de La Verdinière, en se laissant tomber sur un escabeau qui craqua sous son poids.

Et, incapable d'articuler aucune autre parole, le chimiste éclata en sanglots.

Lilian ne sut faire autre chose que d'imiter le marquis qu'elle n'aurait pas cru aussi sensible.

Elle tomba, elle aussi, sur un siège, tira vivement un mouchoir de la poche du manteau dont elle était enveloppée et sanglota à son tour.

C'était comique et c'était profondément touchant.

Ils pleuraient.... Ils pleuraient de toutes les forces de leur être.

Etait-ce de la joie d'être certains que Roger était sauvé ?

Etait-ce des terreurs de la suprême attente du résultat de ce terrible duel et, ensuite, des angoissantes phases qui avaient interdit aux chirurgiens, pendant trente-six interminables heures, de se prononcer irrévocablement ?

Ils ne le savaient pas.

Les larmes, les vraies larmes s'analysent-elles ?

— Sauvé ! soupira Lilian en s'essuyant les yeux. Sauvé ! sauvé ! Vraiment, il est sauvé ?

— Oui, Madame.

— Quel bonheur ! Quel immense bonheur ! Excusez-moi. Je ne sais plus trouver les mots...

— Vous avez dit tout ce qui était nécessaire. S'il vous avait entendue, vous l'auriez tué de joie.

— Il m'aime donc si fort ?

— Il vous aime comme bien peu de femmes ont eu le bonheur d'être aimées.

— Mon Dieu, pardonnez-moi ! implora-t-elle, accablée par la grandeur de sa joie, étreinte par la vivacité de ses remords.

Hercule vit qu'elle allait défaillir.

Il courut à une vitrine, prit un flacon et fit respirer des sels à son affligée visiteuse.

— Ça va-t-il mieux? demanda-t-il avec une sollicitude paternelle.

— Je suis remise... Quand pourrons-nous revoir « Rodger » ?

— N'allons pas si vite! Il se porte aussi bien que possible, mais il est encore rudement faible. Comptons tout au moins une semaine...

— Uue semaine? Comme ce sera long!

— Oui, ma pauvre enfant, une semaine, ça doit être terriblement long pour des amoureux. Moi qui ne suis que l'ami de notre cher « Roro », je comprends, je comprends très bien...

— Vous êtes un cœur.

— Je n'en sais rien.

— J'étais véritablement très fâchée contre vous. Tout à fait fâchée !

— Et à présent ?

— A présent ? Plus du tout.

— A la bonne heure !

— Quand « Rodger » et moi, nous serons.....

— Oui, oui, je sais.... Quand vous serez mariés, vous aurez tant de choses délicieuses à vous raconter que vous n'aurez plus le temps de penser à l'infortuné Hercule.. C'est écrit là-haut.... Ça ne rate jamais.....

— Si, Monsieur, ça peut rater très bien ces choses-là.... N'allez pas supposer une pareille horreur ! Ce serait trop d'ingratitude de notre part. Nous qui vous devons notre bonheur !

— Vous me devez ?.... sursauta le marquis.

— Incontestablement !..... Si je n'avais pas lutté avec « Rodger » comme j'ai lutté, souffert par lui comme j'ai souffert ces derniers jours, saurais-je combien je l'aime ? L'aimerais-je aussi profondément ? Le chagrin, la contradiction sont peut-être les...... les.....

— Les générateurs et les stimulants de l'Amour, hasarda timidement le chimiste après quelques minutes de réflexion.

— C'est ça ! C'est tout à fait ça ! sourit-elle, rassérénée. « Rodger » a raison. Vous devez être un très grand savant.

— Peuh ! fit-il, n'avançons rien dont nous n'ayons constaté la certitude. Je serais en tout

cas un lamentable troubadour, car (si vous voulez
mon sentiment très franc) j'estime, sans chercher
plus haut ni plus loin, qu'il serait beaucoup plus
intelligent d'aimer tout de suite, sans se contrarier et sans se faire réciproquement souffrir.

— Ce serait en effet d'une bien grande sagesse.

— Et c'est surtout d'une trop grande simplicité. Hélas ! le monde est trop vieux pour savourer la beauté des choses ou des actions toutes
simples.

— Vous devez me trouver bien bavarde, bien
égoïste... J'éprouve un plaisir délicieux à causer
ainsi parce que nous ne cessons pas de parler
de « Lui ».

— S'il en était autrement, reconnut Hercule,
vous ne seriez pas une personne naturelle. J'ai
été pendant des semaines le confident de Roger.
Il en disait bien plus long que vous et, les soirs
où il demeurait muet, étendu là-bas, sur le vieux
divan, son silence était plus éloquent que ses
plus beaux discours.

— Que c'est charmant, monsieur Hercule, ce

que vous me rapportez de lui !... Mais j'ai peur
de vous ennuyer, de vous gêner...

— Point du tout.

— Vous fumez, je crois...

— Rarement.

— Ces pipes qui sont là...

— Fumer la pipe devant vous !

— Mon pauvre Stawell m'y avait habituée.
Fumez donc! Ça me fera plaisir.

M. de La Verdinière obéit machinalement. La
présence de cette femme apportait un charme
inconnu dans son sombre laboratoire. Il se sentait envahi soudain par une large indulgence en
faveur de cette grande famille humaine qu'il
avait la coutume de si véhémentement honnir
pour le soulagement de son cœur et la satisfaction de son esprit.

— Maintenant, Monsieur, commanda Lilian,
supérieurement flattée d'avoir apprivoisé le lion
dans son antre, prenez ce fauteuil qui doit être
votre siège préféré...

— C'est vrai! rougit le marquis comme un

écolier pris en faute. Il est cribé de trous qu
laissent trop voir que je m'en sers.

— Installez-vous, prenez vos aises et veuillez
écouter mon humble requête.

— Pourrait-on refuser quelque chose à quelqu'un qui sait si bien demander ?

— Je dois, affirma-t-elle d'une voix plus sévère et avec son accentuation la plus britannique,
je dois réparation, amende honorable à mon
pauvre « Rodger », ainsi qu'il en a exprimé si
justement la volonté.

— Qu'est-ce à dire ? essaya d'objecter M. de
La Verdinière.

— Oui ! Oui ! Je dois... répéta-t-elle avec la
décision la plus énergique. Vous avez fait l'opération pour rendre chauve mon cher aimé
« Rodger ». Eh bien, ayez la bonté de m'indiquer le jour où je devrai venir pour la subir à
mon tour.

Le marquis laissa tomber sa pipe qui se brisa
sur le carrelage, sans qu'il y prît seulement
garde.

Il regarda cette belle créature et tressaillit.

— Veuillez ôter votre chapeau ! demanda-t-il.

Elle obéit comme le patient obéit au chirurgien.

Hercule contempla les boucles charmantes, les souples ondulations de cette magnifique chevelure aux miroitants reflets.

Un éclair d'admiration passa dans les yeux du savant qui savait regarder, mais qui ne savait pas mentir.

Lilian surprit ce furtif regard.

— Vous allez peut-être opérer de suite ? interrogea-t-elle. N'est-ce pas que ce sera dommage, tout de même ! murmura-t-elle d'un ton de résignation angélique qui aurait attendri le bourreau.

— Non, ce n'est pas pour aujourd'hui, répliqua-t-il en lui baisant respectueusement la main. Je vous aviserai dans quelques jours, quand je me serai assuré le concours de l'auxiliaire indispensable dont j'ai besoin et que je n'ai pas constamment à ma disposition. Voulez-vous être endormie ?

— Est-ce donc douloureux ? Allez-vous me faire du mal par dessus le marché ?

— Point du tout.

— Alors à quoi bon cette précaution inutile ?
« Rodger » a du courage. Je ne serais pas digne
d'être sa femme si je n'en montrais pas autant.
que lui.

Lilian avait replacé son chapeau sur sa tête.

Elle se sépara du marquis sur un vigoureux
et fraternel *shake-hand*.

M. de La Verdinière reconduisit la jeune
femme jusqu'à sa limousine.

Il rentra chez lui, pas trop fier de lui-même,
et haussa les épaules :

— Chien Kiki, appela-t-il d'une voix douce,
venez voir votre ami Hercule.

Le chien Kiki sortit lentement de sa corbeille
d'où il n'avait bougé que pour soulever sa petite
tête soyeuse ou pour gronder très bas en re-
troussant sa longue moustache sur ses lèvres
noires.

Il s'étira paresseusement, puis s'en vint à
pas comptés, regardant autour de lui, flairant
partout avec inquiétude, la mine grognonne

24

et l'air maussade, comme s'il signifiait à son maître :

— Tu penses à moi parce que tu es seul. Tu m'appelles parce que cette femme n'est plus là.

— Vous avez raison d'être jaloux, chien Kiki, avoua très humblement le géant à la petite bête, de même que s'il s'était adressé à une personne capable de comprendre le sens exact de ses paroles. Mais ne moisissons pas ici et allons voir notre ami « Roro ».

Tout en parlant, Hercule avait endossé son pardessus, enfoncé son feutre sur sa tête chevelue et saisi son bâton. Puis, se baissant jusqu'à terre, il enleva le griffon entre ses deux mains vigoureuses, le haussa jusqu'à ses lèvres, couvrit de baisers ses mèches blondes et déposa son minuscule ami à quatre pattes dans le gouffre béant de l'une des poches de son long manteau.

XXIII

DEUX PIGEONS S'AIMAIENT D'AMOUR TENDRE

Soyez-vous l'un à l'autre un monde toujours beau,
Toujours divers, toujours nouveau ;
Tenez-vous lieu de tout, comptez pour rien le reste,

LA FONTAINE.

Roger se portait tout aussi bien qu'on le pût souhaiter.

Toutefois, la prudence exigeait quelques ménagements et, aussi, quelque délai avant que l'on pût mettre Lilian en présence de ce trop heureux blessé qui ne connaissait pas toute l'étendue de son bonheur.

Hercule préparait, ouatait la rencontre, employant tous les moyens propres à parer la bonne rudesse du choc et à amortir les heurts.

Quelques visites à son ami furent encore nécessaires.

M. de La Verdinière se décida enfin à avouer
que Mistress Stawett était venue à Courbevoie,
qu'elle était prête au sacrifice de sa chevelure et
qu'elle y consentait joyeusement.

— Quel jour dois-je convoquer le coiffeur
Clairon, ancien caporal aux zouaves, pour pro-
céder à l'opération convenue ? demanda-t-il
aussi sérieusement qu'un ministre flétrissant, du
haut de la tribune, la corruption électorale, ou
qu'un augure dans l'exercice de sa profession.

— Gros bêta ! s'écria « Roro » en se tordant
de rire, oublions cette vieille histoire et ne par-
lons plus de cette désolante gageure qui aurait
pu coûter à Lilian et à moi le bonheur. Elle
nous cède.... C'est déjà bien joli. Elle nous
cède ! Restons gentilshommes et accordons-lui
les plus beaux honneurs de la Guerre. Gloire à
la belle vaincue ! Gloire à son sincère amour !

— Hein ? fit Hercule orgueilleusement, je te
l'avais bien prédit que nos deux volontés auraient raison de celle de cette Américaine !

Vas-tu encore soutenir que je ne suis qu'un in-
commensurable idiot qui n'entend rien au cœur
des bonnes femmes ?

— Ah, pour sûr que je vais le soutenir plus
que jamais ! s'esclaffa Roger. Avais-tu besoin de
prolonger plus longtemps le supplice de la malheureuse ? Toi, mon meilleur ami, toi, mon
frère, ne possédais-tu pas tout pouvoir ? N'avais-
tu pas carte blanche pour signer la paix sur le
champ en mon lieu et place ?

— C'est vrai. J'y ai bien pensé un moment,
mais je n'ai pas osé..... Et puis..... Et puis....

— Et puis quoi ?

— C'était si beau de la voir si brave..... si
résolue....

— C'était à en boire ses larmes.... Pourquoi
pas son sang, tortionnaire, supplicieur de
femmes ! Et tu es encore ici, devant moi, sous
mes yeux, à te vanter de son martyre, à t'enor-
gueillir de sa douleur !... Mais tu devrais brûler les routes ! Mais tu devrais crever sous toi,
ou sous tes roues, les pneus les plus increvables
de la terre ! Mais tu devrais faire du dix mille à

l'heure, tortue ! en semant tous les chemins de
tes jantes amovibles, en bondissant au-dessus
des canivaux, en « grattant » les express et les
rapides, pour voler auprès de ma pauvre chère
Lilian, la rassurer, lui demander pardon, baiser
le bas de sa jupe d'impératrice, te rouler à ses
pieds de déesse, et me la ramener ici, triom-
phalement, avec ma tante Elise chérie qui, elle
aussi, est une rude femme sans avoir l'air d'y
toucher.

— Oui, celle-là.....

— Celle-là et bien d'autres, ami ! Nous ne
pouvons pas les connaître toutes.

— Peut-être..... Mais ce n'est pas absolument
prouvé.

— Maintenant, je t'en supplie, sceptique incorrigible, fais ce que je t'ai demandé !

— Non, répondit posément M. de La Verdinière. Tu es beaucoup trop romanesque. Pour
agir plus vite encore qu'à ton désir, je préfère
renoncer au plaisir d'aller chercher ces dames.
Je vais tout simplement leur téléphoner.

Quelques instants plus tard, Hercule rapportait la réponse.

Dans une heure, Mme de Croix-Reigny et Mistress Stawett seraient à la maison de santé.

— Mon Dieu ! Mon Dieu ! soupira « Roro », mon Dieu, vous m'avez sauvé et je vais la revoir !

— Oui, d'ici une heure. C'est entendu. C'est convenu. Alors, ne te frappe pas, ne t'énerve pas. Tu remues trop les jambes. Tu remues trop les bras. Tu vas flanquer ton oreiller par terre....

— Hercule, mon vieil Hercule, tu danses aussi légèrement qu'un éléphant....

— Je le sais, mais ça m'arrive si rarement de danser....

— Sois gentil ! Sois mon frère-gâteau !

— Quoi encore ?

— Je meurs d'envie de faire un tour de valse avec toi.

— Tu veux donc ta mort, petit malheureux !

— Ah mais non, je ne veux pas la mort. Notre vallée de larmes ne m'a jamais paru plus exquise.

— Eh bien, ne bouge plus. Pense que tu es chez le photographe et que tu fais faire ton portrait pour l'offrir à Mistress Stawett.

— Je te promets d'être sage comme une belle image.

Ces mots avaient été à peine dits que l'un des deux oreillers disposés sous la tête du blessé tombait aux pieds de M. de La Verdinière.

— Oh cette sagesse ! ricana le savant, tout en réparant délicatement le désordre. Si tu ne veux pas mieux te tenir, je sonne l'infirmier et je le laisse te tenir compagnie.

— Je ne remue plus un bras ni une jambe, s'écria « Roro », tout en lançant un vigoureux coup de pied dans les couvertures.

— Très bien. Parfait ! approuva le marquis. Voilà une promesse admirablement tenue.

— Hercule ! recommença le baron.

— Quoi encore ?

— Regarde la pendule !

— Et puis ?

— Il n'y a qu'un quart d'heure, n'est-ce pas ? que tu as téléphoné.

— Seize minutes, treize secondes. Exactement.....

— Fais-moi le plaisir de consulter l'horloge de la maison. On la voit de la fenêtre.

— Elle retarde de trois minutes sur ta pendule.

— C'est exaspérant. Moi qui espérais qu'elle avançait.... Dis donc...

— Oh !

— Je te bassine ? Laisse-toi bassiner ! C'est si bon ! Ça tue les minutes..... Ne trouves-tu pas que cette chambre est un peu trop hôpital-style ?

— Elle est très bien installée pour l'usage auquel elle est destinée.

— Elle est sinistre ! Ça va émotionner tante Elise. Je voudrais que l'on arrangeât quelque chose d'un peu plus gentil, d'un peu plus souriant...

— Pour tante Elise ? Ah si elle t'entendait, la chère comtesse ! Elle ne s'attend certainement pas à de si délicieuses attentions de la part de son neveu chéri. Je lui en ferai part.

— Non, non... Ne fais pas ça, mon ami.

Ecoute plutôt mon idée... Un petit lit de camp, tout blanc, tout blanc, dressé là-bas sous la verdure des tilleuls, ça serait pittoresque, ça serait aimable....

— Te faire transporter au jardin ? Mais tu es fou ? Tu es désastreusement timbré, mon garçon ! Si les autres malades étaient découpés sur ton patron, il faudrait faire interner tous les infirmiers des maisons de santé dans des asiles d'aliénés.

— Vingt-cinq minutes d'écoulées ! s'exclama Roger. Ça marche ! Ça marche !

— Plus un mot, maintenant. Si tu me parlais encore, je retiendrais ces dames un quart d'heure au parloir avant de leur laisser franchir le seuil de ta chambre pour que tu aies le temps de retrouver le beau calme dont tu as tant besoin.

Cette menace produisit l'effet voulu.

Roger pétrissait les draps de ses doigts crispés, mais il n'ouvrait plus la bouche.

Les deux amis n'entendaient plus que le bruit du mouvement de la pendule et que le bourdonnement léger d'un insecte contre les vitres de la fenêtre.

La sonnerie d'une trompette égréna tout à coup quelques notes argentines dans l'air pur.

— L'auto de Lilian ! murmura extatiquement « Roro » en jetant un nouveau regard sur le cadran. Comme elles ont marché vite, les imprudentes ! Et, la tête pâle posée sur l'oreiller, il suivait en souriant la marche lente des aiguilles.

Hercule était sorti de la chambre pour recevoir les visiteuses.

La porte se rouvrit bientôt.

Mme de Croix-Réigny parut la première, bien droite, sa douce physionomie illuminée d'un rayon de bonheur et de fierté.

— Je ne te remercie pas, mon enfant, lui dit-elle. On ne remercie pas un homme de notre race d'avoir accompli un devoir. Je savais que ton aversaire est un escrimeur de première force et sans pitié sur le terrain. Tu as noblement soutenu l'honneur de notre maison qui est notre plus belle part d'héritage.

Mais, redevenant la chère tante Elise des journées sans nuage, penchée sur le blessé qui pâlissait encore, Mme de Croix-Reigny lui souffla à l'oreille :

— Je suis fière de toi, mon « Roro ».

Puis elle déposa sur son jeune front un de ces baisers tendres et apaisants dont les mères seules ont le secret.

— Le docteur, reprit-elle en s'adressant à Lilian, n'accorde pour cette première entrevue qu'une permission d'un quart d'heure. Nous vous laissons seuls, à votre bonheur, à votre amour. A l'heure dite, mon cher Roger, je reviendrai chercher ta fiancée.

XXIV

LE DOUZIÈME TRAVAIL D'HERCULE

> Hercule promenait l'éternelle justice
> Sous son manteau sanglant, taillé dans un lion.
>
> ALFRED DE MUSSET.

Deux mois plus tard, le baron et la baronne de Saint-Lorand s'embarquaient sur le yacht *Elsa*, que l'oncle Woodney avait mis galamment à la disposition des nouveaux mariés en route pour New-York.

Mais il faut consigner ici, en dernier lieu, un fait qui complète et achève le récit du roman véridique de Roger et de Lilian.

M. de La Verdinière avait appris, quelques jours après le duel, les propos calom-

nieux qui avaient motivé la dangereuse rencontre.

Dès que son ami entra en convalescence, et
put sortir de la maison de santé, Hercule adressa
ses témoins au comte de La Sparterie pour exiger de lui une réparation ou des excuses.

Les témoins du comte et du marquis jugèrent
une rencontre inévitable : l'arme choisie fut le
pistolet.

M. de La Verdinière, qui était un tireur de
premier ordre, mais qui ne voulait pas se charger la conscience de la mort d'un homme, logea
dans la jambe du comte une balle qui lui frac-
tura le fémur.

De l'avis formel des chirurgiens qui le soi-
gnaient, ce gentleman sans bienveillance devait
demeurer boiteux toute sa vie.

Pour une fois (contre la coutume) les
honnêtes gens auront la satisfaction de reconnaître que ce ne fut pas la justice immanente
qui boîta dans cette sorte de jugement de Dieu.

FIN

TABLE DES MATIÈRES

Saint-Amand (Cher). — Imprimerie BUSSIÈRE.

www.ingramcontent.com/pod-product-compliance
Lightning Source LLC
Chambersburg PA
CBHW071902020726
47502CB00003B/866